U0620440

フ ロ ー ラ 逍 遥

［日］涩泽龙彦——著

张斌璐——译

花逍遥

广西师范大学出版社
·桂林·

小阅读·文艺

目　录

Flora 25

F.W.Burbidge del. et lith.

V. Brooks, Day & Son imp.

N. TAZETTA

水　仙

すいせん

Narcissus

那喀索斯之自恋

　　仙人亦分多种，据住处不同辄呼为天仙、地仙、人仙等，水仙乃是其一。不妨想象为居住于水中之仙人。说起仙人，也许会令人联想起白发苍髯的老人形象，而中国古籍中亦有美少年之仙人，或是美少女之仙人。从某时起，中国就这样出现了"水仙之花"的名称，或是因为水仙生于潮湿土地之故吧。

　　应是偶然相合，在古希腊神话中众所周知的那喀索斯正是为自恋而投水的美少年，遂化为水仙花。如此说来，在希腊化时代 ① 不断东移的希腊神话可能给予后来的中国植物学者之想象力以影响。至少，在唐代似乎尚未出现水仙之名。

　　但若在如老普林尼这样的学者看来，水仙那喀索斯的语源并非来自希腊神话中的美少年，而是另有其他出处。且引用《博物志》第二十一卷第七十五章：

　　"对医生而言，水仙分为两类。一类开深红色的

---

① 　公元前323年至公元前30年，地中海东部地区受希腊文明影响加深。——译者注。（若无特别说明，则本书脚注皆为译注）

花，另一类则有草绿色的叶。后者对胃有害处，可作催吐剂或泻药使用。使人精力衰退，引发强烈头疼。那喀索斯之称谓由'麻痹'一词而来，而非神话中的青年。"

想来，英语中的"麻醉剂"等词也是"麻痹"的姐妹语，主要指催眠、麻痹躯干等作用。事实上，水仙的球根里好像也富含具备催眠效果的生物碱。

不过，也并非要与老普林尼之说立异，神话中的青年陷入自我陶醉之自恋情结而死，岂非亦可视为麻痹之作用吗？最终，美少年那喀索斯亦为美而自我毒害，岂非亦可看成如睡眠般之死吗？我不由如此感慨。

老普林尼文中"开深红色花的种类"乃是自古以来红水仙副花冠之色。这正是荷马以降，作为春天复苏的象征，为无数诗人所颂赞的地中海沿岸原产的水仙。

在北镰仓我家的庭院里，每年都开成群的水仙花。不仅仅在庭院里，从庭院到后山，到处都是发有青青嫩芽的花。这自然不是我所手植，自从几十年前起，在我移居此地之前已经自生自长了。

在北镰仓的山阴，六月的紫阳花长得极好，而冬天的水仙也毫不逊色。我虽从未打理过，但每年都曾为不知不觉中所生长的嫩芽所欣喜。十二月中旬起，

Publish'd by W. Curtis, Botanic Garden Lambeth March.

a. *Narcissus niveus odoratus circulo rubello, Coque=*
ton de Paris, Joseph's-Stab. b. *Narcissus luteus calice prælongo,*
c. *Narcissus luteus polyanthos Lu=*

开始星星点点开花，一直开到三月之前。

　　虽然我说从不打理，但也曾经留意过。花开后，至春深会枯萎，而枯萎也并不肮脏。最好别去摘下来，摘过一次的话，就很久不能开花，这点要注意，切不可摘。

　　想起水仙，乃正是十年前的早春，寻访长崎唐寺之时。逐步登上后山之墓地，在山上能够一望无际纵览长崎港的墓石间，开着水仙花，开着桃花，开着菜花。果然是南国之春啊，我感到满心恬静之感。

　　到越前岬去吃螃蟹的时候，在海岸道路上开车，也曾去看过著名水仙的生长群落地。此时或许已醉，大约记不清了。只不过是曾有此事而已。

Tab. 82.

CAMELLIA *japonica.*

山茶花

つばき

Camellia

泥土上淅淅沥沥

有一回，在一场派对里，大家都准备展示各自的隐藏绝活。有个男人鬼鬼祟祟地挤到了我边上，放低声音对我说：

"我想用法语来唱五木摇篮曲①，你能帮我翻译一下歌词吗？"

我虽然也没说什么，不过总觉得哪来的这种人，酒席的余兴搞得那么一本正经。不过也算是对方面对面诚心相求，就随便翻译了一下歌词，拿片假名写在纸上递给他了。

结果这个男人在麦克风前唱到本应该为"花是什么样的花？山呀山茶花"这句子时，他却看着我给他写的小纸条，口中唱着"Came、Ca-me、Camellia"，全场哄堂大笑，满场掌声。这是战后那阵子，五木摇篮曲特别盛行时候的事儿。

其实我也记不太清当时那法语怎么翻译的了，不过要说把"山呀山茶花"翻译成"Came、Ca-me、Camellia"，这绝对不是我的杰作。

---

① 熊本县球磨郡五木村流传的摇篮曲。

这种破事先不提了，不过山茶花对于生长在东京的我来说，倒也确实算特别亲切的园林植物。山茶花淅淅沥沥落地是不吉利的，听说一般也不当园林植物来养，不过要回想起我自己五十多年的生涯里，倒也从来不曾住过院子里没有山茶花的房子。难怪我对山茶花有那么深切的亲近感。

儿时很熟悉的童谣里，也常常会出现山茶花。在我少年时节，日本还是一个彻底的农业国，所以围绕着农业而出现的有关四季的情绪的歌谣简直是太多了。虽说山茶花和农业不太搭界吧，不过也有这样的歌：

　　山里呀山里呀尼姑庵呀
　　洁白呀洁白呀山茶开啦
　　波波呀波波呀木鱼敲呀
　　洁白呀洁白呀山茶散啦

　　山下的山下的水车场呀
　　粉红呀粉红呀山茶来啦
　　咯吱吱咯吱吱水车转呀
　　粉红呀粉红呀山茶散啦

这幅有水车的田园风景，毫无疑问是基于农业生活的。过去我问一些年轻人知不知道什么叫"叫子"，

London. Pub.⋯⋯⋯⋯⋯⋯⋯⋯⋯⋯⋯

Weddell Sculpt

让我吃惊的是没人知道。其实我也不必太惊讶，不知道这些旧习，其实也是正常的。

而且，在我小时候，小学教师强调田园生活有多么奇异，有多么现实感，对于那时的都市少年人来说，总归没多少感触。尽管嘴里一直在说"逐兔总在此山中"，但我在现实里一次都没逐过兔。当然，我知道叫子是什么，不过只隔着车船见过，也算是知道了。

提到山茶花的童谣里，我比较喜欢的还有接下来这首：

> 泥土上，淅淅沥沥
> 静悄悄，飘下来
> 耳朵里，淅淅沥沥
> 打在雨棚上，看着看着
> 啊，山茶花

与其说是缠绵悱恻，倒不如说有一种抽象之感。这首歌，我也特别喜欢。

虽说花厚重而浓艳，但同时能像山茶花那样几乎毫无香气的，也算少有。体弱多病的茶花女玛格丽特·戈蒂埃① 随身佩戴，多少是因为这花没什么香气，也能算是其优点之一吧。

---

① 玛格丽特·戈蒂埃（Marguerite Gautier），法国作家小仲马《茶花女》中的女主角。

Tab. II.

III.

II.

I.

PRUNUS Mume.

梅

うめ

* *

Prunus

的皪之花

　　说起梅花，我总会想起"的皪"这个形容词，念成"deli"，意思就是洁白的光非常鲜明地照在物体上的样子。说不定，听到这个词脑中能浮现出画面的，我们是最后一代人吧。在现在年轻作家里，会使用这种汉语词汇的人，就目力所及，几乎已经绝迹了。

　　不过在读鸥外、漱石、芥川 ① 这些喜爱汉语的作家文章之时，会发现到处都是诸如"的皪"这样的词，也能看出他们有多青睐这类词汇。不光形容梅花，哪怕形容美人的皓齿时也常常会用到这些词。

　　也不是单为了抒发怀古幽情，实际上我确实非常喜爱这种的皪之感。当那白梅沐浴在冬日寒阳中盛放的时候，用这个词再吻合不过了。梅花就是如此，在冬天开放，寒风凛冽中光影荡漾，不正是"的皪"那样的光彩吗？要是开在万木葳蕤的夏天里，那种感觉就全然幻灭了吧。

---

① 　作家森鸥外（1862—1922），夏目漱石（1867—1916），芥川龙之介（1892—1927）。

　　早在奈良朝之前，梅花就已从中国传来了，这也反映出了当时那些文士追随中国文化的风气。首先有汉诗集《怀风藻》，随后又是《万叶集》和《古今集》，其中也广泛提及了梅花是怎样在时代中和樱花来争夺花中魁首的。而谁都知道，不管怎样起码拿到第二位总没啥问题。当我们读芭蕉、岚雪或是芜村①的句子之时，更会觉得梅花和近代文学同样亲近。为永春水写《梅历》②，或许也正是建基于江户之人对梅花的无边热爱之上的文学吧。

　　虽说输樱花一筹，但最后在平民之中获得强烈支持的，迄今为止也只有日本梅了。

　　梅花，自古以来在中国、日本和朝鲜得到无比珍视，然而到了欧洲却人气全无，文学或者美术里也几乎没有出现过梅花，想想总觉得很奇怪。

　　春暖花开次第开放的那些桃花、杏花或是樱花，或许唤起了欧洲人的审美意识，而唯独那沐浴于冬日寒阳之中的皪而放的梅花，几乎没法反映出他们的情绪。梅花很少有奢华气派之感，却自有一种凛然之气。

---

① 诗人松尾芭蕉（1644—1694），服部岚雪（1654—1707），与谢芜村（1716—1783）。

② 为永春水（1790—1843），江户人，戏作小说家，代表作有《春色梅儿誉美》。

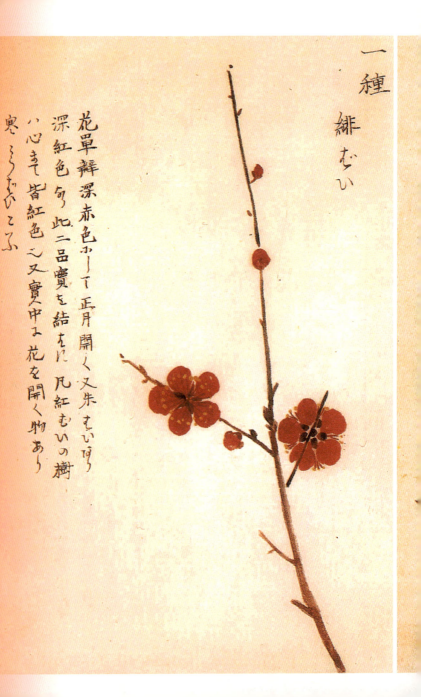

一種

緋むめ

花單瓣深赤色かして正月開く又朱むめより
深紅色句此二品實を結たり凡紅むめの樹
ハ心まで皆紅色之又實中に花を開く物あり
寒こうむめとふ

野梅

梅 音梅 むめ やぼんず女

三才圖會云梅有四貴貴稀不貴繁貴老不貴嫩貴瘦
不貴肥貴含不貴開

○鶴林玉露云古者謂貴與花不言花ノ美香ニ至宋朝則詩文詠
○本朝古者撫花者梅也中古以來唯撫花者櫻也
○續日本記云聖武帝天平十年七月指殿前梅樹勅諸臣立
曰朕去春欲翫此樹而未及賞翫宜各此梅樹詠文人三十
人皆賦春意有詩

春ノ夜ノ闇ハアヤナシ梅ノ花
色コソ見エ子香ヤハカクルヽ

大和本草三日梅諸書載
野ニ在テ未ダ經栽梅ノ者ヲ
江梅ト云又
直脚梅ト名ヅク
或ハ是ヲ野梅ト云

百濟王仁謂梅ヲ福此花也菅神毎愛
梅遺靈飛梅之名從音起居ス言ヒ有好文
木猶因橘直時歌有鶯宿梅號搔西
行歌有來顧之梅如此類不可敉

花木

所谓"暖意如梅朵朵开"，这或许可以被称为"低限美学"吧！对于欧洲人的感性来说，这一点是有所欠缺的。

在我家的院子里，也有一枝黑漆漆又骨节嶙峋的老梅。每年都会盛开簇簇的花。

这棵老梅已经有点年头了。记得有一年，花越开越少，眼看着树就要不行了，但是后来又以难以想象的势头重新盛放起来，又一次生发出了白色的小贝壳般的花蕊，在枝头上星星点点。这棵古木看上去哪里都空了，却有着如此强大的生命力，实在令人心生感动。

我穿着木屐走进院子，到近处去观察这棵梅树。樱花树是不能近观的，赏梅却是越近越好。哪怕就开了一朵两朵，但梅树毕竟是梅树啊。

梅树的树干都空了，长了很多瓦韦。我喜欢这种羊齿植物，所以过去就去山里采了一些来种在这里。冬天不下雨，瓦韦就干了，逐渐萎缩了起来。在那叶子里面能看到两列孢子囊，我想，当那孢子从中飞跃出来的时候，又是植物焕发新生之时吧！于是我拿起柄勺，浇了点水。水从梅树上的空洞里慢慢流下，整棵树便湿润了。

Viola odorata

Published by Dr. Woodville May 1. 1791.

菫

すみれ

Viola

希腊花冠

　　在老普林尼的《博物志》第二十一卷里，有一部分主要写花冠。花冠就是头上所戴的花环。让我们今天的人很难想象的，是古希腊和古罗马的人对于花冠这种装饰品有多么重视。那些婚丧嫁娶的当事人就别提了，就连竞技比赛的胜利者或是宴席上的客人，都要在头上戴上钟爱的花冠。有时候还拿花冠来代替人的头颅。无论是神像的头上，还是奴隶的头上，都会戴有花冠。

　　说到这里，我就会想起吴茂一所翻译的出色的希腊诗集译本，也题为《花冠》，到底是充满希腊特色的诗集标题。

　　老普林尼写道："在院子里的那些植物之中，罗马人只认识那些能够做花冠的少数几种，基本上只有堇和蔷薇。"实际上，花冠也会用到牛蒡、虞美人、鸢尾和百合。不过其中最受人喜爱的，说是堇和蔷薇，也不为过。

　　　　堇花本独清，

浅笑且颦颦。

对君言又止，

唯恐妨痴心。

　　阿尔凯奥斯的四行诗，再加上吴生的译笔，在日语里展现出一种惊人的妖艳和流丽之感。

　　堇的花冠是有其实际功用的。据说将其戴着出席宴会的话，可以防止醉酒。在老普林尼的书里也这样写，或许是因为其气味足够把人从醉酒中唤醒吧，看来吃一次宴会要换好几次花冠。只要一想到那些名副其实的罗马美食家们一个个头戴着花环来喝酒的样子，总不由觉得很搞笑。

　　到了中世纪，堇成了圣母玛利亚之花，开始引起人们的关注。为何堇会和玛利亚联系在一起呢？或许是其气质和香味符合了基督教中最重要的美德：谦卑。"百合"那一章里会提到，玛利亚"谦卑如堇、纯洁如百合、慈爱如蔷薇"。这三种花，正是中世纪美术里最常见的花。

　　从此在中世纪各诸侯的城堡里，也总会种堇。那个知名的幼儿杀戮者"蓝胡子"吉尔斯·德·莱斯所在的诺曼底城堡也是如此，每年春天总是开满了白色和紫色的堇。

Viola tricolor.

回头再来看看日本的堇，自从《万叶集》的时代以来，日本人从来没想过把堇当成园艺植物来种植。

山路间忽现，堇花最迷人

我们总能在身边的山野之中见到堇花，能细细品味那诱人的芳香便足矣，特地将其移植到院子里来的话，看来也没什么必要。在日本有六十多种野生的品种，堇的名所在哪里都有，能够当野花来喜爱，其实就可以了。

把堇改良成三色堇，这种巴洛克式的想象力在日本人间或许是没有的。不过，在过去三色堇也是野生的，长在麦田里面，克洛德·列维-斯特劳斯在他的名著里也曾明确提到过这些。

从我小时候开始，说起堇、蒲公英、紫云英之类，总是春天原野里花草的代表，我熟悉得很。紫云英现在已经不太见了，而堇和蒲公英，还常常出现在我家的院子里。

La Solitaire
brune.

郁金香

チューリップ

Tulipa

风格主义年代

　　下面这个有名的故事，在不少书里都介绍过。把郁金香最初传到欧洲的人，乃是神圣罗马皇帝斐迪南一世派往土耳其的使者布斯贝克，而首次将土耳其郁金香从维也纳运往荷兰的则是莱顿大学的教授，去往当地上任的克卢修斯。

　　这些内容，随便什么书里都会提到，接下来说点别的书里没的。布斯贝克和克卢修斯这两名学者和哈布斯堡王朝关系都甚为密切，也常常出入于十六世纪欧洲的知识中心地区布拉格和维也纳的宫廷，和那个以风格主义出名的皇帝鲁道夫二世过从甚密。

　　鲁道夫二世把布拉格的宫廷当成了风格主义的中心，身边聚集了天文学家、炼金术师和艺术家。根据最近文艺复兴精神史的研究，他在文化史上的地位又提高了，但在博物学的领域里，这名皇帝的地位遭到了严重的忽视。郁金香成了当时那片知识大潮里的船棹，从黎凡特地区开始流向整个欧洲。

　　布斯贝克回国时，带了一头驯良的埃及獴、六头骆驼、很多纯种马，此外还带来了欧洲人没见过的郁金香和丁香。后来他又成了幼年的鲁道夫二世的家庭教师。身为比利时人，他也是当时最负盛名的希腊语学者。

另外，作为鲁道夫二世御用的博物学家，本名为夏尔·德莱克吕兹的克卢修斯也曾在维也纳和布拉格的宫廷里住了十四年，研究皇帝的藏品中那些鹤鸵、渡渡鸟、极乐鸟和企鹅等鸟类。第一个从西班牙人那里获得土豆并着手研究的人也是他。

从这名既喜欢博物学、又特别热爱收藏的十六世纪哈布斯堡家族的皇帝开始，他们把郁金香的球根传向了欧洲各地。有一名皇帝御用的画师，以画那些已灭绝的渡渡鸟而知名的画家罗兰·萨维利也曾以华丽的笔触描绘了郁金香。这样看来，郁金香不正是风格主义之花吗？

著名的博物学家康拉德·格斯纳接受了富商弗格的委托，把郁金香的球根从黎凡特移植到了奥格斯堡。在他所著的《德意志植物园史》里所附的郁金香图版也正是同一款。弗格这人的家不光是个植物园，也是水族馆和动物园，几乎能抗衡哈布斯堡家族。风格主义时代，也就是十六世纪中叶，正是这样的一个时代。

随后，到了十七世纪，郁金香成了投机的对象。人人都知道那场骇人的郁金香狂热，席卷了整个荷兰。

不过在我的印象里，始终把郁金香当孩子之花。每当我回想起少年时节，总会觉得那年代里郁金香的比重相比如今要大得多。在小学里最早学美术的时候，我在那些珍藏的绘画用纸上所画下的正是郁金香，至今记忆犹新，常让我深有感触。

　　　　红帽子，蓝衣服
　　　　郁金香的军队多精神
　　　　土里发芽的二中队
　　　　郁金香的军队真迷人

昭和二年（1927）的儿童杂志里登载了一首《孩子的国度》，是北原白秋所作的童谣，插画来自武井武雄。我特别喜欢这首童谣，如今依旧能朗朗成诵。况且，这也是一种风格主义吧！

金雀儿

えにしだ

Cytisus

埋在原野里的金色

　　其实我也没去过几次欧洲，但每次去，总会被初夏时节法国和意大利的原野之美所打动。整个原野上布满了金雀儿的黄金色彩，如滚滚波涛。相比起连翘的那种黄色来说，金雀儿的黄金色要更加浓密。有这样一个传说，安茹伯爵若弗鲁瓦向那片开满金雀儿的原野上进军之时，折了一枝花插在头盔上。说起来，这也并非绝无可能。

　　正是因为头盔上总是插着一朵黄金色的金雀儿，因此这个年轻的武士获得了"金雀儿若弗鲁瓦"的称号。若在日本，就堪比在箭囊上插上一朵梅花的梶原源太景季。人要爱起风流来，东西方都差不多。要知道，英格兰历经八代的王朝金雀花家族的名字，也是来自法国安茹伯爵头盔上的这朵金雀儿呢。

　　在法语里叫作 plantagenêt，英语则是 plantagenet，在拉丁语里叫作 planta genista。planta 是植物的意思，单说 genista 也可以。在西班牙语和荷兰语里就叫 hiniesta。若要仔细追溯的话，英语的"plantagenet"和日语的"エニシダ"也是来自同一个词源。

汉语的名字叫作"金雀花"，或者"金雀儿"，我也觉得是一个好的名字。那些小小的金黄色的花儿聚集在枝头，正像是小小的金雀儿一样。那些尖端饰有黄金雀的女性饰品发簪，也被称为金雀，或许也是从此而得名。

在法语里，直到今天也常有将hiniesta称为genet，和"小偷作家"让·热内（Jean Genet）同名，这就不多讲了。不过热内因此而特别喜欢金雀儿，在其小说中常常反复出现金雀儿。在《小偷日记》里有如下这样非常美的段落：

> 直到如今，每当我去往原野，见到金雀花之时，仍会涌起深深的共感之情。我灌注着情意，仔细凝视着这些花。对我来说，我就是这些花中之王，又或许就是这些花的精灵呢？花也向我致敬，哪怕没有任何翻译，我也仿佛都能知道花儿们的心意。金雀儿之花正是我在自然界的标章！

使热内如此沉溺的，正是在中部法国那块曾属于中世纪时幼儿屠杀者吉尔斯·德·莱斯侯爵城堡的原野。或许那土地也是因了被杀害的少年们的粉身碎骨，才生长出了金黄色的金雀儿吧！热内或是想到了这些，才特别兴奋的吗？

在我家的院子里，约两年前吧，也曾经长有高达两米的金雀儿，繁茂一时。或许曾经是镰仓武士的埋骨之地吧，每到了五月，便在枝头开放出重重叠叠的浓密花朵。然而时过境迁，眼看着这些花都枯萎了，我也颇为惊讶。听说金雀儿的寿命很短，但那么快就枯死，也确实没有想到。

金雀儿能够让周围的空气更加清新，所以是我非常喜爱的花，也打算在家里的院子里再重新种一些。

万太郎[①]有名句说"五月叹金雀，空使花色黄"，但实际上金雀儿的金黄更像是那种足以把周围的空气都染黄的色泽。老普林尼在《博物志》里记录说，单叶金雀儿能够作为染黄羊毛的染料，自古以来就一直有所栽培。

---

① 久保田万太郎（1889—1963），日本小说家，诗人。

櫻

さくら

Prunus

幻妖之花

　　小时候,我住在泷野川,离飞鸟山和上野山很近。每次到了樱花季,众人就在尘土上铺好草席,一个个次第坐好,便开始喝酒唱歌,大吵大闹。这种场面既俗恶又肮脏,连带着那些无罪的樱花都让我讨厌得很。

　　不过另一方面,还在五岁上下的时候,我被带领着走进镰仓建长寺内的半僧坊附近,那浓密的樱花山中,花如云朵,一言难尽。那种惊人之美何等令人感动,至今仍旧难以忘记。

　　慢慢长大,我也渐渐远离了樱花。不光是因为樱花沾染了很多战争时代的意识形态,借用石川淳的话来说,我也是"几乎完全背离了常规的日本,直接采取一心要追求海洋对岸的文艺的姿态"。那阵子,怎么会如此讨厌那样的日本呢?现在回头想想,真是不可思议。但是年轻时代的我,是没有什么工夫去多管樱花的。

　　不如说是由于梶井基次郎、坂口安吾和石川淳的文学吧,樱花又回到了我的世界里来。想到《樱花树下埋着尸体》《满开的樱花树下》《山樱》这些作品,总觉得不像是真实的樱花。《今昔物语》也好，《太平记》也好，能剧或是歌舞伎也好，稍加参照的话，立刻便会发现樱花其实是幻妖之物。在那如云的花下，总是盗贼，或狐妖，或白拍子舞女，或是狂女，当然可能也会出来一些妖异之物。

如今的我，以这样的眼光来看樱花，又觉得，唯有在这种眼光下看到的樱花才是真正的日本风土里的樱花。

我最初访问吉野，是十几年前的四月了。樱花季已经到了晚期，从山底下的千本樱到深处的千本樱，我满怀期待地慢慢往山深处走，终于走到了深处的千本樱附近的西行庵。只见到五六棵樱花，零零散散开着。我只能苦笑说，这里的"深处千本樱"不如说是"深处五六枝"吧。

向吉野山下的茶店相询时，他们说："没错，整座山都是满开着！"问起山下的千本樱，则说："到了山中央，那千本樱才茂盛呢！"又问起山中的千本樱，则说："你必须要去看看山顶处的千本樱！"又问起山顶处的千本樱，则说："山深处的千本樱才精彩呢！"结果呢，山深处的千本樱只开了五枝。这是商业策略吗？不知道。然而吉野山本来在幻想中是一年四季都开花的，总觉得不开花不行啊。

緋子海棠

ヒカンザクラ

同季桃洗初豐一日
霖雨真写

　　那场旅行中，我沿吉野山而下，住到下市口的一家名叫弥助的旧旅馆里。上高峰去修行的行者们也常常在这里落脚。这里的特产钓瓶寿司，是来自吉野川的鲇鱼。而平维盛①在八岛战败后，潜行熊野的半途，传说也在此地潜伏了很久。在这座石山上苔痕满布的庭院中，据说也埋着平维盛的遗骨，称为维盛冢。料理十分美味，我们非常喜欢弥助这家店。

　　尤其是油炸鲇鱼里面加上馅，简直是绝品。这也是后来我和妻子之间的一些闲话。

　　在我家的院子里，有一棵每年都会开很多花的老樱花树。这就是八重樱，俗称牡丹樱的品种，花期非常迟，四月底开始到黄金周才满开。红色浓艳，花朵厚而密，显示出甜腻又妖艳的风情，离东京那种染井吉野樱花的清爽感相距甚远。若在这枝满开的老树下饮酒，会有片片花瓣飘落在杯中，气氛也是极佳的，于是我不断地邀请朋友们前来赏花。文中这棵老樱花树，对我而言有很多回忆。这花，总让我不爱也难。

---

① 平维盛（1157—1184），平安末期武将，八岛之战事见《平家物语》。

LILAC
(SYRINGA VULGARIS, *var Charles X.*)

丁 香

ライラック

Syringa

焕若群星

我家的小院子里，有两株丁香树。

一株是嫁接在白蜡树上的，根部伸出了一枝其他的木枝。剪了又长，剪了又长。一开始我也不知道是什么，后来慢慢开出了白色的花，我还无知地笑道："呵呵，果然是白蜡树！"知道了以后也就不剪了，总觉得在同一根枝干上，丁香和白蜡共存也是挺好的事情。

这棵树，到了四月开浅紫色的花，并不是经常在花店门口看到的那种重叠盛开华丽无比的样子。看上去倒像是充满忧愁，楚楚可怜，这样反倒让我喜欢了起来。

我家院子里的另外一株丁香，则是十年前友人相赠之物。有趣之处在于，至今没开过花。每年都让人很期待，每一次都期待落空，直到现在。有歌词说"不开花的枯芒草"，现在可以改成"不开花的丁香花"了。也许是水土不服的关系吧。

我虽说去过几次北海道，不过都没赶上丁香花的时节。光是听说那番美景，就让我遗憾得难以自拔。

不过，几年前去访问平泉的毛越寺和中尊寺之时，却没料想到会切身体验到东北地区丁香花的美景。

那正是五月长假的末了，几乎已经看不到游客了，平泉街上平静得令人意外。樱花确实是散去了，迟开的八重樱犹在山的斜面上悄悄开着。此外，更有丁香、连翘、杜鹃、木莲等竞相争艳，让我深感到亲临东北之春。我从来没有如此印象深刻地观看过丁香。

出于纬度的关系，在欧洲更接近北海道和萨哈林岛之处，对于喜爱寒冷天气的丁香来说，要比在日本生长得更加茂盛。丁香花和北欧的形象无比相应，乃至于不光是我，对于很多五十岁朝上的日本人而言，说到丁香马上就会联想起托尔斯泰的《复活》。

十几岁的时候常常读，后来就中断了，现在手头连书都没有。不过，在我的记忆里仍旧清晰残留着的，只有在俄罗斯的农村里，当喀秋莎诱惑着青年的贵族时，那恼人的春光里，深夜的雾气中，丁香花所散发出的呛人的甜香，这正是这部苦恼的小说中的气氛。当时十几岁的我，总会把那丁香花的甜香解释为性欲所致，但也唯有这些琐碎的记忆了。

小说里所出现的丁香令人难忘，但也不光是《复活》。和托尔斯泰不同的是，我少年时期的枕边书，例如奥斯卡·王尔德的《道林·格雷的画像》一开头，

W. Jas. Mackie Del.   Pub. by S Curtis Glazenwood.   Ester. 1 Nov. 1835.   Swan Sc.

就有这样的美妙描写：

> 风从树间吹向花瓣，重重叠叠焕若群星的丁香花，慵懒地飘荡在空气之中。螽斯开始躲在土堆后鸣叫，如一根蓝色的丝线般细长的蜻蜓，也张开茶褐色薄纱般的双翅飞了起来。

这幅场景里的伦敦，说是春天，其实更像是初夏。"焕若群星"，多美的表达。

丁香或许在古典时代完全不知名，直到十六世纪才逐渐被引入西欧，而到了十九世纪，才成为那么受人欢迎的花。法国香颂《丽拉花开时》被宝冢①改成了堇花，但是把丁香发音为丽拉时，这花就仿佛一下子成了巴黎之花，这是我独有的感觉吗？

我家院子里的丁香，或许是日本土生土长的，不太有活力，也欠缺精彩，真是太遗憾了。

---

① 宝冢，指宝冢歌剧团，是1914年由小林一三创立的大型歌舞剧团，本部位于兵库县宝冢市。

鸢尾花

アイリス

**

Iris

菖蒲乎？杜若乎？

可能是我出生于五月的缘故吧，我很喜欢熏风拂面的五月季节。

> 杜鹃啼时月，月中有菖蒲。
> 菖蒲犹不知，暗中生情愫。

每年过了五月二十日，连我所住的北镰仓，亦可闻杜鹃啼声。黎明也好，雨天晴天也罢，其声朝夕不止。

严格来说，过去的日本人称为菖蒲（あやめ）的，就是如今所说的菖蒲（しょうぶ），和鸢尾科的鸢尾（あやめ）其实不是一回事。不过这首漂亮的歌谣里既然唱过了，那菖蒲也算作是日本的一种鸢尾吧。

另外，我打算在这里引一节诗。昭和十一年（1936）开始，收音机里就一直在放国民歌谣，我少年的时候一直听到，其中木下杢太郎的《老朋友》中的一节特别让我怀念，讲的也是五月。

> 春服既成，有草色雨声
> 三月樱花，四月酸模，花红如染

更有五月杜若

繁花种种，乱入行人眼

是这样，不光是鸢尾，就连深受昔日那些诗人和画家所喜爱的杜若，若不彰显出来，也难免受不公之讥。尾形光琳①的《八桥图》和《燕子花图屏风》，总可以算是日本能享誉世界的鸢尾花的艺术吧！

作为江户以来的传统，东京曾几何时也开始有了那种改良过种植法的花菖蒲的庭院。广重②所描绘的堀切的菖蒲园很有名，而让我记忆犹新的是小时候父母也曾带我去参观过明治神宫内苑的菖蒲园。好像那天还是特别公开日，在淅淅沥沥的雨中打着伞，只见周围全是各种颜色鲜艳、香气逼人的花。或许，要观赏菖蒲的话，雨天是最恰当不过了。

欧洲的鸢尾花，也在中世纪的文学和历史中频频亮相。我们已经很熟悉了。

比如说十八世纪，萨德侯爵在万塞讷的狱中患了眼病，便请来了当时巴黎最好的御用眼科医生格兰迪翁。医生给了患者一些鸢尾根，就是佛罗伦萨鸢尾花

---

① 尾形光琳（1658—1716），江户时期著名画家，以屏风画和装饰画闻名，开创"宗达光琳派"画风。

② 歌川广重（1797—1858），日本浮世绘师。

Iris florentina

Published by Dr. Woodville Augst. 1. 1790.

Syd Edwards del.   Pub. by T. Curtis, St Geo. Crescent Aug. 1. 1803.   F. Sansom sculp

（又名 orris，香鸢尾）的根茎磨成的粉末。这种药对于萨德侯爵的眼病并未起效，"实在是个庸医！"萨德侯爵后来愤怒地骂道。

　　和德国鸢尾或黄菖蒲比起来，这种佛罗伦萨鸢尾是中世纪的药书里必会出现之物。正如其名，在佛罗伦萨得到了广泛的栽种。佛罗伦萨这个地方，正是那个药店老板出身，后来从事金融业的美第奇家族所支配的都市。美第奇家族世世代代都热衷于研究毒药，而据说鸢尾根也能够防毒，和佛罗伦萨真是很相配。

　　德国鸢尾是紫色的，而佛罗伦萨鸢尾是白色的，在中世纪和文艺复兴的绘画里经常出现。在有些受胎告知的画面中，传讯的天使手持的正是白色的鸢尾花，而不是百合。

　　将紫色的鸢尾花瓣混合明矾，就会得到非常美丽的绿色混合液。中世纪修道士就用这些自己发明的混合液体来给手写本绘制细密画。修道院的院子里有菜园，也有药草园，修道士们朝夕都深情地观察着植物，对于植物的习性深感兴趣，从而发现了这些原理。我几乎如亲见般感受到他们对植物的热爱，而对我来说，这个故事也尤其得我心声。

　　看到这些，总让我想到，无论是日本还是欧洲的鸢尾、菖蒲或是杜若，总是艺术家所钟爱之花，彼此也不分轩轾吧。

牡 丹

ぼたん

Paeonia

花妖的情色

常有花妖这种说法，意思是花的妖异或是花的精灵，自古以来在中国的诗文里就尤为多见。清代志怪小说集《聊斋志异》在日本拥有众多读者，其中也记载花妖化身人形并和人间的男子恋爱之事。这种中国式的情色传奇确实很多。

说实话，我特别喜欢花妖这个词。因为另有狐妖之类的词，故而更显得别有一种珍奇的意味吧。这些词散发出汉语的丰富魅力，语感也特别艳冶。

《聊斋志异》里有不少花妖传奇，令我最有兴致的是其中第十一卷里的《牡丹和耐冬》。①

有个姓黄的诗人来一家道观中，埋头苦读。忽然来了两名女子，一人着白，一人着红，黄生很快就和她们亲昵起来。原来前者是道观前的白牡丹成精，后者则是耐冬（日文为"テイカカズラ"）成精。有一次，那棵白牡丹被来观里游玩的男子掘走了。随后，女子便病衰而死，又成了花之鬼魂出现在黄生面前，但难

---

① 即《香玉》篇。

以像生前那样尽鱼水之欢。黄生每天都去那白牡丹被掘去的孔穴处，在那里洒下一些药水。终于，牡丹再一次发芽，变得越来越大。于是，女子又重新变得健康起来，便能再度品尝和此前一样的欢情了。整篇故事就是如此。

　　黄昏衰残处，折落牡丹花

　　虽说这句芜村的名句没有多少情色的意味，但读过了《聊斋志异》中花妖的故事，能体会到其中充满官能性的气息吧。再读这句俳句时，总会有一些奇异之感。如此说来，如下这句芜村的名句：

　　牡丹零落后，方知面目真

　　这不正像是现身在诗人面前的花妖的样子吗？说实话，我每次想到这句诗，总会联想起现代法国诗人苏佩维埃尔的这首诗：

　　在昼中仍阴暗的树林深处
　　有巨木受伐而倒
　　横亘的树干旁边
　　唯有垂直而空虚的
　　圆柱体

Pub by T. Curtis St Geo Crescent Nov 1. 1808.

战栗着，竖在那里

花作为花，树作为树已经不再存在了，只有那些视觉的形象如幽灵一样，作为一种存在感在那里固执地残留着，将视网膜烧灼得一干二净。苏佩维埃尔到底是了解南美大森林的人，诗中的意象和结构无比阔大，句中"垂直而空虚的／圆柱体"和芜村的"面目"，本质上不正是同一种残像吗？

芜村的咏牡丹之句多且绚烂，都令人欣赏，而其中我尤其喜爱上面所引的二句。意态分明地描写动物和植物的诗人中，芜村应为第一。

贝原益轩说："牡丹宜在巳时（现在的上午十点左右）观，巳时之后过犹不及，花力益衰，难以保持其流丽。午时（正午）之后观牡丹，乃是无知。"牡丹确实是精气之物，一时极盛，一时极衰。正因为此，花妖才要和男性因情而交流。因为离家近的缘故，我每年都要去圆觉寺的塔顶和大船花展看牡丹，中有极大的乐趣。

Pub. as the Act directs, Mar. 1.1790. by W. Curtis, Botanic Garden Lambeth M.

朝　顔

あさがお

*　❋　*

Pharbitis

觉来辄思君

在我种植的花草里，由我亲自去撒种浇水，直到发芽开花的其实不太多。除了向日葵、凤仙花、松叶牡丹之外，只有朝颜了。我想不会只有我一个人是这样，我觉得在昭和十年（1935）的都市少年里，一般是不大会有那种自己亲手去种植物的人的。

是啊，我忽然无意间想起，战争的时候，我们小学生还在学校里种过蓖麻呢，要求把这些种子给培育出来。榨出的油叫蓖麻油，好像能够当飞机发动机的润滑油。但是会开出怎样的花呢？我现在已经完全想不起来了，这也有点不可思议。

江户朝以来，朝颜在平民之中非常流行，随着时代的推进而重重改良，甚至有佐藤信渊① 所记的"品种高达两百七十余"，繁盛至此。栽培朝颜里最为有名的，有入谷和染井这几处。我住在泷野川之时，在染井附近的日子最令我怀念。也不光是染井，在我年幼的时候，到了夏天，家家户户都会有朝颜盛开，此

---

① 佐藤信渊（1769—1850），日本科学家，经济学家。

江户朝的传统也影响到了昭和的世代。

在我所喜爱的《新古今和歌集》歌人曾祢好忠的和歌里，有这样的句子：

> 觉来辄思君，一时枯朽异如露，朝颜不堪寻

"异"就是化异的意思。江户朝《天野政德[①]随笔》的作者提到这首歌，惊叹于其"咏朝颜之枯朽，难以留存"，而我则反而觉得此处颇有一些幽默的兴味，令人愉悦得很。好忠所写的，难道真的是枯朽吗？

特地为了看朝颜开花而起得很早，这种经验我也曾有过。一方面也是想照着好忠那样去做，无非也是为了看到那花蕾在眼前绽放，我特地做了一个纸筒，像自动铅笔头上的按钮一样，把花蕾给盖起来。几乎在把筒拿掉的同时，就像电影慢动作那样，一朵朵花蕾开始绽放，壮观极了。

说起朝颜，就会联想起夏天的早晨。我们这一代人，不知为何总是很怀念广播体操。说起来，朝颜和广播体操，似乎经常在脑海里被联系到一起。

---

① 天野政德（1784—1861），江户时代后期的国学家、诗人。

Convolvulus
Soldanella.

April 1ˢᵗ 1796 Published by Jˢ Sowerby London

Sy.d.Edwards del.

> 沐浴着跳动的朝阳
> 弯弯腰　伸伸腿
> 显示我们的力量
> 收音机里在播放
> 一！二！三！

暑假来了，先要去小学的校园里开那种广播体操的会，大家都拿着各自的出席本。每天早上先要按一下印泥，然后就是要么躺着，要么去东京避暑。我其实每次都没法待到最后，所以从来就拿不到那块全勤的奖牌。

广播体操的第二首叫作《香的黑土如玉露》，实际上在城市里面哪里都见不到那种"香的黑土"。虽然说这也不是朝颜吧，不过在造高速公路之前的镰仓七里浜上，那些浅桃色的浜昼颜也会突然间就开花。我昨天突然想到了这些。

昼颜是朝颜的亲族，会让人感到有淡淡忧伤，让我特别喜欢。说一件七年前的事，我那时住在西班牙地中海岸边一个叫作卡达克斯的小镇里，到达第二天就去翻山越岭，去探访那名伟大的西班牙画家达利所居住的陡峭海岸。在那条山路上，巴旦杏的花和昼颜一起盛开，那印象，至今记忆犹新。

那是一个阳光灿烂的六月。

Aquilegia alpina.

苧　環

おだまき

Aquilegia

三轮山下的阿里阿德涅

有很多植物是这样——在外国的各种文学里面屡屡出现，跟我就像旧相识一样。但是实际上在现实里，我一次都没见过这植物是什么样。

小时候读《格林童话》和《安徒生童话》，里面常常会出现"接骨木"。这个名字太令人怀念了，但是直到今天，我都没见过接骨木的样子。

到了中学，学了点英语，读英语文豪莎士比亚的《暴风雨》，里面的小妖精爱丽儿唱了支歌，"蜂采完蜜，睡在驴蹄草上面"。我查了一下辞典，这个"驴蹄草"实际上就是黄花九轮草的另一种翻译。虽说从来没有见过，但能拥有那么美丽名字的花，会是什么样呢？这让还是中学生时代的我很感动。

成了旧制大学生后，我什么文学书都看。读歌德的《威廉·迈斯特》中"迷娘曲"中一节，就知道南欧有一种植物叫作 myrtle，译名称为"桃金娘"。实际上，正确的说法应该是银梅花，但"桃金娘"在汉字上的魅力几乎无与伦比。三十多年来，我家院子里一直栽种着 myrtle。

　　大学刚毕业那会儿，我有一段时间非常热衷于佛兰德斯派绘画，读了很多书，其中之一就是范·德·埃斯特的《佛兰德斯的黄金时代》。在这本书里出现了一个叫作"苧环"的植物名。于是，我对这种楚楚可怜的植物产生了浓厚的兴趣。其实也没什么好难为情的，因为我连见都没有见过。

　　在根特的大教堂里著名的凡·艾克的画作《神秘的羔羊》的上半部分到中间部分，在乌菲兹美术馆里凡·德·古斯的《波蒂纳里祭坛画》的中央部分、博斯的《世上欢乐之园》的画面中央，都有这种苧环花。虽然去画集里找比较难，但像古斯的祭坛画中间"牧者敬拜"的前景部分那样，紫色的苧环和石竹花一同长在花瓶里，还是一眼就能看出来。

　　以达·芬奇为首的意大利画家也经常画苧环，就我所见，印象最深的有卢浮宫中皮萨内洛的《埃斯特王族的公主像》，肖像是少女的侧颜，其背景也正是星星点点散落着石竹花和紫色的苧环。

　　花的外形像张开翅膀的鸽子，所以苧环在拉丁语里被称为 colombina，在中世纪里和鸽子一起成了圣灵的象征。经常和百合一同出现在受胎告知的情景之中，也是为此缘故。

　　这花的蜜腺如角般凸出，想到这点，就会联想起

"被妻子欺骗的男人头上长角"的故事来，因此有时候也会成为红杏出墙的象征符号。象征符号有两个象征含义的情况很多，在这种场合里既有不贞也有贞洁的意思，所以尤其把蓝色或者紫色的苎环作为贞洁的符号。哪里都是这样，照着外形来找其符号的灵感，但是不太会有哪里，像在日本那样单把它看作一种中空的线卷。

　　和西洋的类比起来，日本的苎环花，更可比作阿里阿德涅的丝线。且不论静御前 ① 的"越是卑下者，越要捉弄他"，苎环更像是和"三轮山故事"联系更深。和阿里阿德涅一样，少女拽着丝线走进有妖魔的迷宫之中。在《妹背山》的第四节里，三轮慢慢走进入鹿御殿，不也是靠了苎环的丝线吗？

　　在我看来，苎环的语源是出于"麻线球"，我没见过的时候，一直在想象这会是什么样的。虽说如此，但古人的想象力还是不可思议。联想起中空的钓钟形状多少还能理解，但对这种纤细可怜的花会联想起麻线球，这就让人很难理解了。

　　三轮到死手上都抓着的苎环，怎么看都不像是花中的麻线球。

---

① 　静御前，生卒年不详，为源义纪爱妾。

SILVER-LEAVED SUNFLOWER
(HELIANTHUS ARGOPHYLLUS)

向日葵

ひまわり

Helianthus

追逐太阳回转之花

　　太阳花原产于美洲大陆，要传到欧洲起码是哥伦布发现新大陆之后的事情了。不过，太阳花这个植物的名字自古以来就有。例如老普林尼在《博物志》第二卷第四十一章里，有如下记载：

　　　　要是每天实验，仔细观察的话，会发现这种被称作太阳花的植物总是朝着太阳的方向，随着太阳的移动，自己也一同移动。哪怕太阳被云遮住了，也依旧如此。

　　在这里翻译为太阳花，在拉丁语里叫作heliotropium。在古希腊语里，太阳叫作helio，而tropos就是"朝向"的意思。老普林尼所说的那种叫作heliotropium的植物，基本上就是今日的向日葵，似乎是属于紫草科的灌木。以园艺植物而知名，原产地是秘鲁，在南欧的原野上也有野生的种类。

　　但是，一般说太阳花，也不单是指如今的向日葵，包括金盏花、土木香这些菊科植物都有被称作太阳花的。在古希腊神话里，太阳神阿波罗爱上了水泽女神克莉蒂尔（Clytie），于是水泽女神化成了这种花。因此我们读奥维德的原文时，也是 heliotropium，有一种说法就是指金盏花。也就是说，这些菊科植物实际上都有向日性。

在十二世纪的哥特建筑中，兰斯的圣雷米修道院颇为知名。教堂里的花窗上有着为基督之死而悲哀的圣母的形象，圣母四周的光环里就伸有两株太阳花的花枝，花枝前端的头状花，怎么看都是一种菊科植物的样子。

让我感到有趣的是，远在十六世纪向日葵被运载过来之前，那种关于植物追逐太阳回转的观念，实际上在很多很多欧洲人的头脑里面都潜藏着。事实上，相比事实而言，观念总是更先行。用柏拉图的话来说，这或许是穿越时空回去的太阳花的理念吧。

因此，到了十六世纪，西班牙人从美洲把向日葵运来欧洲大陆时，欧洲的人们见到这种如此庞大的怪物般的菊科植物，就把它当成太阳花的始祖，必定是欢喜到不行。

太阳花围绕着太阳转的说法，现在已经被以牧野富太郎博士为首的大部分科学家否定了，但这种学说依旧能激发我的想象力，并未丧失其魅力。在十七世纪，太阳花还很少见的年代里，好奇心旺盛的学者阿

塔纳修斯·基歇尔 ① 就曾经钻研过太阳花时钟。你说他是不是认真在搞研究，没人知道，不过这种想法确实令人很愉快。

在基歇尔的书《磁石或磁气术》里，有这样的铜版画：在装满水的盘子里漂浮着一个软木塞，木塞中央有一根向日葵的花枝。在花瓣中心有指针，随着太阳移动，木塞和向日葵一起转动，于是指针就能够指示时间。

贝原益轩认为太阳花是"下品中的下品"，而奥斯卡·王尔德则将此花插在胸前，阔步走在大道上。我虽然没有王尔德那样的勇气，不过也很喜欢豪奢的太阳花，并不像《养生训》的作者那样，基于衰弱的美学把别的都否定掉。

在阳光灿烂的夏日，走在东京的山手一带，也会看到在板壁上有挺拔昂首的太阳花。哪怕经过了东京大空袭，那向日葵依旧在顽强生长着，确实令人怀念得很。

---

① 　阿塔纳修斯·基歇尔（1602—1680），欧洲17世纪著名学者。

J. Curtis del. Pub by J. Ridgway 169 Piccadilly March 1. 1826 S. Watts sc.

葡　萄

ぶどう

Vitis

葡萄田和葡萄棚

　　我和甲州基本上没什么缘分，于是也没多少仔细观察日本葡萄田的机会。虽说理应去看一下，但印象实在很浅。相比之下，在我记忆里，在意大利和法国的田园里所见到的葡萄田，印象要更为深刻。

　　几年前，我和朋友一起从巴黎开车路经法兰西岛①的原野，到著名的哥特风格的兰斯大教堂去参观。

　　那一天万里无云，阳光直射下来，对于夏天阴冷的巴黎来说是罕见的好天气。沿着美丽的塞纳河前行，一路观览风景，就到了拉封丹②出生的城市蒂耶里堡。这一带盛产葡萄酒和香槟。小山上有喝香槟的小店，我找了张露天椅子坐，凉风袭来，慢慢品尝这里的风味香槟。

　　远眺小山，只见地下密密麻麻全是绿色的葡萄田，真不愧是法国田园的风景啊！

———————————

① 法兰西岛（Île de France）大区，法国地区名，位于巴黎盆地中部。

② 让·德·拉封丹（Jean de la Fontaine，1621—1695），17世纪法国寓言诗人。

　　日本栽葡萄的地方，一般都是比头顶略高的小棚，相比之下，欧洲在哪里都不见棚。都是比人要低得多的葡萄树，相当整齐地列队在那里。或许是因为有根小棍子从墙根那里把枝蔓都绕在上面。我们日本人是一说葡萄就会想起葡萄棚，而今在法国一见，深感奇异非凡。在葡萄田里，法国工人不必老是弯着腰来摘葡萄，反倒是两脚会累得很。

　　在日本，差不多是元和年间（十七世纪初）开始决定了葡萄在棚里的栽培方案。江户中期的文人柳泽淇园在随想集《独寝》内，也将其作为有趣的话题收录在其中。这是甲州胜沼地区的事。

　　　　架以二三十间 ① 为距开列，凡一二百架。一日，于架下置一毛毡，举杯酌酒，吟诗作赋，坐啖葡萄，以此为宴。侍女以葡萄为鬼灯 ② 吹之。古人亦尝饮酒设宴于葡萄架下。

　　当然啦，欧洲也并非没有葡萄棚，意大利的餐厅也常常在葡萄棚下摆放桌子，院子里的凉棚也会用来

---

①　间：一间为六尺，约1.81米。

②　鬼灯：植物名，即酸浆，结红色灯笼状果实。从尾端去除其中的圆形果实，仅留灯笼状外壳，可供吹奏。

Cornichons blancs.

种葡萄，想必"葡萄棚下的宴饮"也不会少。只是对他们的栽培法来说，不太使用葡萄棚罢了。

葡萄的原产地是西亚，经由中国传进日本，在古代应当是非常具备异国气息的植物。在实物传来之前，先传来了各种葡萄的样子。我们看正仓院的贡品或者海兽葡萄镜上的唐草花纹，就会看到这些。

日本最初栽种葡萄是在平安末期的文治二年（1186），甲斐国八代郡祝村的雨宫勘解由在路边发现了野生的葡萄果实，遂开始移植其根。这棵野生的葡萄有可能来自波斯商人或者印度僧侣，又或是中国的技术人士偶然间遗落在日本的吧。也可能是跟着遣唐使的船一同归来的。

古希腊的抒情诗人阿那克里翁是被葡萄籽给噎死的，非常另类的死法。要是枇杷或桃子的核也罢了，葡萄籽那么小，吞下去居然也噎得死人，总让人觉得奇怪。但是阿那克里翁享年八十五岁，可能也是一点刺激也受不起的关系吧。

小时候我吃葡萄，老是连着籽一起吞下去，也总担心会不会生盲肠炎。其实这种担心是非常蠢的。

Rosier Hybride remontant
Panachée d'Orléans (DAUVESSE)

薔　薇

ばら

Rosa

当一回波斯诗人

　　说到蔷薇，就会想到十几年前秋天访问伊朗时，在古都伊斯帕罕和设拉子的庭院。

　　在日本一般把伊斯帕罕称为伊斯法罕，但是我比较喜欢像法语里那种"帕"的发音，显得特别轻盈。伊朗哪里都是海拔一千五百米朝上的高地，伊斯帕罕也是如此。阳光直射，但又非常凉爽，跟信州高原那种感觉差不多。花色无比鲜艳华丽，想必是因为山间气息太清新的关系。

　　昔日的清真寺得到了现代化的改造，在古老而豪华的伊斯帕罕的宾馆的中庭里，我吃上了像西瓜那么大的黄瓤蜜瓜，果肉十分甘甜。正午，四周静得简直能听见蚊子扑腾翅膀，中庭里开满了蔷薇花，一朵朵都盛开了。一抬眼，宾馆边上就是一所神学院，装饰着彩釉花砖的绿色穹顶宛如飘浮在半空之中。我真希望能在那里安然地生活一年。

　　设拉子的宫殿里，中庭种满了繁茂的柑橘属植物和棕榈树，充满伊斯兰风味。喷泉周围的花坛里种满了蔷薇，还有大丽菊、鸡冠花、百日草等各式各样的

花草，竞相争艳，夺人眼目。设拉子是蔷薇诗人萨迪
的故乡，自古就以"蔷薇、夜莺和白头翁"知名的城
市，确实名不虚传。

> 托盘里的花儿能够鲜艳几时？
> 不如采摘我园中的花叶一枝。
> 那些花朵五六天就会枯萎，
> 可我的花园却永远春光明媚。①

托蔷薇之花，歌颂了享乐主义的思想，真不愧是
咏叹蔷薇的波斯诗人啊！

确实，要写蔷薇很难，因为和其有关的事迹杂说实在是
太多了，蔷薇甚至都已经有了单属于蔷薇特有的狂热信徒。

众所周知，拿破仑的皇后约瑟芬在马尔迈松宅邸
里搜罗了两百六十多种蔷薇的品种。不是蔷薇的话，
什么花能让人这样去收集呢？夏尔丹②穷其一生来描
绘蔷薇。不是蔷薇的话，什么花能让人这样去描绘呢？
龙沙③在诗里提到蔷薇花不下数百次。巴葛蒂尔、拉

---

① 引自《真境花园》（杨万宝译，宁夏人民出版社，2003年）。
② 让·巴蒂斯特·西梅翁·夏尔丹（1699—1779），18世纪法国
　画家，以静物画和市民风俗画知名。
③ 比埃尔·德·龙沙（1524—1585），16世纪法国抒情诗人。

Rosa muscosa multiplex. *Rosier mousseux à fleurs doubles.*

J. Redouté pinx.   Imprimerie de Rémond   Langlois sculp.

伊莱罗斯和玫昂的蔷薇园，如今都快成为蔷薇信徒一生中必去朝拜的圣地了。

蔷薇的象征含义数不胜数。在希腊化时代或是中世纪教会里、寓言文学或是炼金术里、王朝战争或是圣女传说里、但丁或是波提切利、纹章或是园林、花窗玻璃或是香水、里尔克或是理查德·施特劳斯，蔷薇可能是世界象征符号里的王者。

这样看来，我在这里解说一两句话，只不过是隔靴搔痒而已。在蔷薇的盛光面前，像我这样的人总会感到手足无措。

不如且将目光转向日本或东洋世界来看吧，蔷薇不会受到任何象征的影响。我总觉得对野蔷薇或是庚申蔷薇（月季）都不太像是单纯的爱意。芜村的名句"高冈尽处蔷薇痕，花色最愁人"，句中所咏的蔷薇正是开着朴素小白花的如今的野蔷薇。酒井抱一在《十二月花鸟图》里所描绘的蔷薇或许也不是西洋种，而是一重瓣的金樱子吧！

在银座六本木的花店里，我也买了点大蔷薇花束，捧着去参加朋友家的派对。那一刻，路人纷纷注目，实在让人感到有点张扬得难以适应。当然，这次可是西洋种的蔷薇。

西番莲

とけいそう

Passiflora

袖珍画像的想象力

　　我非常喜爱的法国哲学家加斯东·巴什拉曾经提到过在袖珍画像中所触发的想象力。那些植物爱好者们拿放大镜凝视着新鲜事物的时候，看着看着，这个对象仿佛就越变越大了。

　　巴什拉曾引用小说家皮耶尔·德·芒迪亚格关于长在海岸边的猫眼草的一番话：

　　　　一直凝视着它，就像把跳蚤的剖面放到显微镜头下那样，猫眼草就变得异常庞大。高度惊人，在眼前就像是五角形的城郭那样。五个星形的瞭望台上竖立着蔷薇色的高塔，总觉得让人难以靠近。

　　十六世纪末，那批最早到达南美洲的西班牙传教士第一次见到沐浴在夏天的阳光下的西番莲，一定也触发了那种袖珍画像般的想象力吧！他们把这种花称为"受难花"，也就是"基督受难之花"的意思。

　　西班牙的传教士们纷纷发挥这种袖珍画像的想象力，仔细描述着西番莲的样子，以下是相关记录：

当你一直仔细看西番莲时，那伸出卷起的鞭须就变得像行刑人的枪一样。在花的中心，子房如十字架般伫立。那三根花柱便是三根钉在基督的手足上的钉子。五个花蕊是基督的五道伤痕，雄蕊是钉锤，副冠则是荆棘冠，花萼是光环。花的白色部分是纯洁，而天蓝色的部分，则毫无疑问是天国。五枚萼片和五片花瓣合在一起，便是彼得和犹大等十名使徒。

说是袖珍画像的想象力，这其实更接近符号学的领域了。欧洲的神职人员们从古老的中世纪开始就始终抱有着这些巴洛克式的想象力，特别热衷于通过自然事物来探求其中的象征意义。

说是如此吧，西班牙的传教士们见到南美洲的原住民吃那些花的黄色果实，便解释成他们也期待能改信基督教，于是一心一意投入到传教活动中去，我总觉得这些想法不太靠谱。说起来，符号学也不能随随便便乱搞啊。

比起这个"基督受难之花"的名称来说，日本给西番莲起名叫"时钟草"，想象力就单纯得多了。

比拟的意思，就是说看到某物的外观，就联系起另外一件事物。日本的美学传统绵绵不绝，这样的符

Pafsiflora palmata.

号学也是其中之一。

没记错的话，西番莲是在享保年间输入日本的，因为其花冠和副冠像时钟的盘，雄蕊和雌蕊像时针分针，所以干脆就被叫了这个名字。山本亡羊的《百品考》里也提到"外形类似自鸣钟车，所以称为时钟草"。

南方熊楠的文章里，说起过他自家院子里种的时钟草高达一丈，枝蔓一卷起来就会让院子里的树都枯死。哪怕把根挖掉，还会蔓延到院子里到处都是，弄也弄不死。想象一下南方先生光着膀子搞得大汗淋漓，把西番莲当成对手来搏斗的场面，让人忍俊不禁。

现在的孩子只见过电子钟表，再怎么盯着西番莲看，也没法理解"时钟草"这种花名的由来了。

"比拟"是一种虚构精神的活动，在电子化世界里看来，完全没法触发各种类似性的具体形象。和电子钟相似的时钟草，会是什么样子呢？或许更接近科幻小说吧。有时候想起来，也挺有意思。

紫阳花

あじさい

Hydrangea

名叫奥坦丝的女子

在欧洲，紫阳花通常被称为绣球花 hortensia，英语和德语里都有，但法语里用得尤其多。很久以前流行过伊薇特·吉罗的香颂《绣球花姑娘》，脍炙人口。不过 hortensia 总会让人联想起一个女名"奥坦丝"。我至今还没琢磨过这件事，不过现在既然不得不写紫阳花，多少也要试着去考察一下奥坦丝的出处由来。

不出所料，一查下来，果然和女子的名字有关联。十八世纪中叶，植物学家菲利伯·康默森登上了布干维尔总督所指挥的那艘法国最早的环行世界的航船，遍历了从麦哲伦海峡到南太平洋的岛屿各处，最后死在印度洋上的毛里求斯岛。正是他为了纪念一个女子，才把在这个岛上发现的植物紫阳花命名为 hortensia。

为什么印度洋的毛里求斯岛上会有原产于东洋的紫阳花呢？简单来说，这座岛屿在当时是来往于印度和中国之间的法国船只的中转港。

康默森所纪念的这名奥坦丝·德·博阿尔内是谁呢？粗略罗列一下各种说法，有说荷兰女王奥坦丝·德·博阿尔内，有说拿骚家族的公主奥坦丝·德·博阿尔内，有说巴黎知名的钟表匠勒波特的妻子奥坦丝·德·博阿尔内，而最后这种说法最为有力。在《拉鲁斯百科全书》里，所引用的也是最后这名女子的名字。

我觉得最有意思之处在于，这让我想起了西博尔德①在长崎的爱人阿泷。西博尔德回国以后，为了纪念阿泷，在《日本植物志》里把紫阳花的学名称为"Hydrangea Otaksa②"，这件事也非常有名。紫阳花这种花，仿佛总带着一种纪念遥远的心上女子的风情。

植物学家康默森和钟表匠的妻子奥坦丝·德·博阿尔内之间到底算是什么关系呢？我其实一点也不知道，那就随便发挥自己的想象力了。

此外，根据春山行夫氏等人的意见，像西博尔德这种一丝不苟的人，若要把这个和植物学没任何关系的女名赋予紫阳花的学名，不是很可信。"阿泷（Otakisan）"里的"kisan"更接近长崎方言里的"草③"，

---

① 菲利普·弗朗兹·冯·西博尔德（Philipp Franz von Siebold, 1796—1866），德国内科医生、植物学家、旅行家、日本器物收藏家。
② "Otaksa"与"阿泷（Otakisan）"的日语发音相近。
③ "草"的日语发音为"kusa"，"阿泷（お滝さん）"的日语发音为"otakisan"。而在长崎方言中"ku"和"ki"发音较轻，较难区分。

Tab. 51

HYDRANGEA Azisai.

Tab. 52.

HYDRANGEA Otaksa.

似乎这样解释更妥当。要是这样的话，那我的那些浪漫想象，就像纸牌屋一样轰然倒塌啦。

接下来写点我自己的事情。二十多年来，我一直住在北镰仓的明月谷里。这里的明月院近几年一下子因为紫阳花而火了起来。原来我一直都住在紫阳花之乡。山阴湿气重，所以确实是适合紫阳花生长的好土地，我家的院子里也移植了不少。岩盘上的土地呈斜面，虽然不能说很接地气，不过其生长之茂盛也让人难以想象。

紫阳花在六月雨季开花，细雨绵绵，那些紫色蓝色红色仿佛消融了，总能引起一种泉镜花般的幻想。过去将其当成一般的庭木，不加看重，最多也就是在这种破寺院里或者后门口种一点，无人注意。如今看着沐浴在明月寺佛光中的紫阳花，如同看着天资聪颖却出离尘世的少女一样，多少总有一些违和之感。

紫阳之花，枯萎也无妨，且让其落到地上，自然就变成干花。花萼带点绿色，像是紫阳花的幽灵。我很喜欢，常常剪下这些天然的干花，一枚枚投在广口瓶里。

百　合

ゆり

Lilium

姑娘的白纱

　　百合在中世纪修道院里很常见，在以受胎告知为主的基督教美术里面也很常见，不过到了今天的欧洲，已经很少能够见到了。如今当成园艺花卉在花店里出售的那些，主要是十九世纪初才进入日本的百合，以及麝香百合和药百合。欧洲中世纪的那种白百合，也就是后来被盎格鲁–撒克逊国家称为圣母百合的那个品种，虽然从花型大小来看不如日本的山百合，但香气四溢则远胜于彼。

> 永恒的缪斯啊，你将用何等诗句
> 来颂赞白色的百合？
> 纯净的辉光，让洁白的雪花都如同赝品
> 恼人的香气，让醉人的熏香都显得无味
> 帕洛斯的大理石，失去了白色的光泽
> 就连最好的甘松油，都难及我那百合之万一

　　赖谢瑙的修道院长瓦拉弗里德·斯特拉波是九世纪前半叶的人物。他特别热爱植物，曾经写过诗歌来描绘自己修道院里种植的二十三种植物，也写过拉丁

语的长诗《小庭园或园艺》，堪称中世纪庭园文学的
扛鼎之作。上文所引用的正是其中咏百合之诗的一节。
毫无疑问，这里的百合正是圣母百合。

白色的百合会和圣母联系起来，是因为纯白被看
作是圣母纯洁无瑕的象征。二十世纪有一个被称为甘
蜜博士的神秘主义者，他跟中世纪法国神秘主义者克
莱尔沃的圣伯纳德一样，强调说圣母玛利亚"谦卑如
堇，纯洁如百合，慈爱如蔷薇"。说得学术一点的话，
百合中央盛开的金色花蕊就象征着幼儿基督，被怀抱
在纯白的花瓣中央，形成了一幅构图。

十五世纪的受胎告知图里，描绘白色百合的画特
别多，有时在天使加百列的手上，有时在圣母身旁的
花瓶里。林达夫氏一度在西蒙·马丁尼和弗拉·安吉
利科的画里专门数过那些有白色百合的受胎告知图，
基本上没什么异议。我也不落人后，同样特别喜爱锡
耶纳画派特有的那种金色的蛋彩画。

不过，关于中世纪基督教的那些事暂时说到这里。

百合，在我的记忆里，常常和少年时期暑假的记
忆相重合。每年一到暑假，我总会去房总的海岸。有
时稍稍进入离海岸略远的松林（有牌子："保安林"）
后，在一片草海中总能看到盛开的山百合和鬼百合。
小山丘上布满了茂盛的夏草，而百合们在其中随海风

Lilium philadelphicum L.

Amér. Sept. (Plein air.)

LILIVM *folis sparsis,* *multiflorum, floribus reflexis,* *indo aureo, limbo auran-* *tio, punctis nigricantibus* *pedunculis singulis* *unico folio inftructis.*

而摇曳。

差不多十几年前，我开车去东北一带旅行。车沿着山的斜面车道一路驶去，我却对边上密密麻麻的白色百合吃了一惊。见到那么多百合群生长着倒是第一回。那次，差不多是在岩手县龙泉洞附近吧。

盛夏灼人蝉声噪，在陶冶人心的绿植之间，百合总能带来一丝凉爽。就像女子白纱下俯首的脸，正是日本的圣母之感吧。

林氏在《百合文化史》里写过百合根，我打算在最后写一点，作为下酒菜的百合根绝对是我格外喜欢的美味。深夜，工作完毕，整点夜宵小酒时，我总会烫一点百合根，再搭点梅肉。梅肉罐头在京都的锦小路就能买到，让外卖给送过来。要是附近没有的话，也就没办法了。有时候百合根太长了烫不了，就嘎吱嘎吱直接咬上去，偏硬的特别有嚼劲，我真是喜欢极了。

合歓木
子ムノキ

黄

コキクサ
コルド具ツキ

五月花ヲ開ク紅白
ノ二色アリ秋ニ至
テ莢ヲ作シ子至テ
細シ人家ノ園池ノ
邊リニ植テヨシ冬
分テ植ユベシ

主治五臓ヲ安ジ心
志ヲ和グ人ヲメ歓
樂シテ憂ナカラ
ム久ク服スレバ身ヲ
軽クシ目ヲ明ニス

合　欢

ねむ

Albizzia

雨中西施

　　合欢木原产于热带，不过自从以东洋为本家之后，在欧洲就几乎看不见了。虽然如此，我去了两次欧洲，还是见到了合欢木，一次是在西西里岛上的巴勒莫，另一次则是在希腊的帖撒罗尼迦。

　　到巴勒莫去的人总会去访问当地市内的独修者若望教堂，那建筑依旧能显示出诺曼王朝的荣光，而阿拉伯风格的蔷薇色圆形屋顶同样令人印象深刻。在修道院的院子里，有着南方的高高的龙舌兰，有开着橙色花朵的仙人掌，有九重葛，还有日本的合欢，在树上疏疏淡淡地开着白色的花。这是我第一次见到合欢开出白色的花，怎么看都不像是合欢，总觉得或许是来自热带的某个变种。

　　到帖撒罗尼迦去的时候正值盛夏，走在路上头昏昏沉沉的。到了午睡时间，慢慢晃到市中心的公园里。在那里正盛放着夹竹桃、合欢木和凌霄花，各种各样的花争奇斗艳。那里的合欢正是浅桃色的花朵，总觉得比日本的合欢要更加结实。就算是雨后，也总觉得没有那种雨后西施楚楚可怜的样子。也不对，反正希腊的夏天本来就不怎么下雨。

> 象潟湖的雨后西施，合欢之花
>
> ——芭蕉

热带的那种结实的合欢木，到了日本就逐渐显出楚楚可怜的美人样子，变成艳丽清新的植物。在《万叶集》里，日本人也常常在诗歌里歌唱合欢木。或许我也因此带有了一些先入为主的观念，到了西西里岛和希腊见到那种完全不同于日本的合欢木时，总觉得有一种非常异样的感觉。其实也不光是我会如此。

并非"奥州小道"①，我在日本所见到最多的合欢盛开之处，却是大约十年前的夏天，开车走遍东北六县之时。其实我一直不太明白，怎么东北地区的合欢木那么多，从车窗里看出去，沿道开满淡红色花朵的合欢大树令人目不暇接。尤其在三陆海岸的气仙沼或是岛越周边，更是多得炫目。那次我太太都惊出声来：

"那，那么多合欢……太美了！"

那次旅行最深刻的印象就是合欢，所以回来后我们就打算在自家院子里种上合欢木。

---

① 《奥之细道》，又译"奥州小道"，是日本江户时期俳句诗人松尾芭蕉所著诗文集，记载了诗人及弟子从伊豆至大垣的旅途见闻。

那棵合欢一点点长起来，现在已经算是我家院子里最高的树之一了。每年都会开花，而且枝叶还长得特别开。你得走上二楼的阳台，才能看见花。三好达治诗云：

荒径生合欢
朝来最欢好
无依人间世
伴君相终老

诗句如此。我每天登上二楼阳台，夏日凉风习习，见对面合欢花开，总有些哀伤之感。

我在巴勒莫见到过白色的合欢花，据说在缅甸和印度所产的合欢种子里也有开银白色和绿黄色的，因此白色的合欢也并非特别稀奇之物。让我没想到的是，居然那么早就移植到欧洲去了。

可我还是有一些顽固的偏见，那就是只有中国或日本的风土，才是与合欢最为相配的。

罌 粟

けし

Papaver

鲜红罂粟的笑容

一大早，我就开车从罗马出发，沿着太阳高速公路一路向北，白天就赶到托斯卡纳大区的小镇科尔托纳。恰巧是周日，又逢圣女玛格丽特的节日，小镇里的教堂前聚集了很多人。移动售货车也摆出来了，和日本的节庆都差不多。我们也混在人群当中，去参拜安置在教堂内的圣女遗体。

遗体边有个年轻的僧侣。参拜者来了就要先把帽子、手表这些身边的东西交给他，然后才能靠近圣女遗体，参拜结束他再归还这些东西。这样一来，这些贴身之物就能得到圣女的加持了吧。我看看太太说："你也交给他呗。"她担心这些被弄坏，怎么都不肯。

确实是意大利乡下的餐馆，在科尔托纳小镇里昏暗的餐馆里轻轻松松进了点酒食。餐后要去欣赏皮耶罗·德拉·弗朗切斯卡的作品，于是向下一个小镇阿雷佐出发。从那里到锡耶纳一路上都是高低起伏的托斯卡纳平原，原野上遍布着金色的金雀儿花和鲜红的雏罂粟，风景令人眼花缭乱。

雏罂粟在欧洲算是杂草，在夏天会在小麦地里疯长，这让当地人头疼得很。不过对我来说，这种初夏的蓝天下，没什么比这种景色更为赏心悦目了。一下车，无意间看到那花海在风中飘拂如鲜红的波浪，人在其中简直像要融入花间一样。

托斯卡纳这地方柏树特别多，高达丈余的柏树作为行道树棵棵相连，这也是当时的行程给我留下的深刻感受。

和欧洲的雏罂粟是群生的不同，在日本的农家小院里，过去也常常会见到罂粟花。不，哪怕是战前在东京的山手一带，院子里也总是开满了罂粟花。在西条八十①的童谣《拍拍肩膀》里也有这样的一节，说"鲜红罂粟的笑容，嗒嗒咚咚嗒嗒咚"，一读便知。在我少年时代的记忆里，也常常清晰地浮现出鲜红的罂粟花的影子。

说到罂粟，那些雏罂粟、鬼罂粟和冰岛罂粟的种子里没有吗啡成分，因此也并非完全禁止种植。不过在西条八十的童谣里所提到的罂粟，既不是雏罂粟也不是鬼罂粟，估计连罂粟都不是。

因为能制成鸦片，所以罂粟就变得像是邪恶之物，

---

① 西条八十（1892—1970），20世纪日本诗人、词作者。以童谣诗知名。

Papaver Rhœas.

Published by Dr Woodville Feb.ʸ 1. 1793.

大和本草花草類曰

虞美人草

〔圖畫云〕

吳俗呼爲虞美人草。

國俗稱、美人草。

予曰

和漢三才圖會、載麗春花、美人草、非也。麗春花

千葉罌粟也本草綱目、詳此似罌粟不似花罌

粟、此罌粟紅紫花、有而種分已

虞美人草、處斜山俗、中、虞美人草、丁那如、雞尾

也花葉皆相對或虞美人、與罌而葉抱莖

潮楺陌與寛云く。予曰此靚最本審別種虞

美人草矣赤闘く

歲時記曰

丁亥 仲呂十五日

寫

就如同因为大麻的缘故连麻也跟着受到歧视一样。自古以来，麻在日本都是正大光明的植物。在室町时代进入日本后，宗达和琳派的画家特别喜欢描绘的罂粟，也是这样。

　　游目见罂粟，客心辄安住

　　这是江户时期的俳人大岛完来的句子，句意颇为微妙。罂粟花凋零很快，这点广为人知，所以要把握住花开的当下，尽情享受。既有点这样的感觉，或许也有点表示思乡的感情。

　　凋零又快，且那种鲜红会让人想起血色，所以在欧洲罂粟成了不祥之花。民间有相信罂粟是因着被杀害的人而生长的花，这一点几乎在全世界都一样，中国也有虞美人的传说，也是同样的故事形式。

　　在法语里雏罂粟叫作 coquelicot，其实是模拟公鸡的叫声。要说为什么雏罂粟会和公鸡联系在一起呢？据说因为其颜色和公鸡的大红鸡冠一样，才造成的联想。很难说这算什么出彩的想象力，我们日本人对此实在是理解不了。

CROCUS NUDIFLORUS.   C. SPECIOSUS.

XXV

番红花

クロッカス

Crocus

美少年和球根

在埃兹拉·庞德的诗句里，我最喜欢这一句：

> 番红花的金灯台
> 齐来穿透春之气息

随着春天的复苏，原野里的番红花在朝阳下齐齐开放金色的小花。从古希腊至今，欧洲人对这种野生植物特别熟悉。灯台象征着作为生殖力的男根——当然，这只是我的认为。要是说番红花的花是男根的话，那么其下半埋在地里的球根一定便是睾丸吧！庞德其实暗中也这样想，于是就写下了这句诗歌，其感受也是显而易见的。

把植物的球根当成睾丸的例子其实并不多，不过老普林尼还是有一处将兰花的一对卵形块茎来同睾丸相比。其实，兰花在古希腊语里面就是睾丸的意思。

最近我读了德勒兹和加塔利，其中说块茎也是球根的一种，广为知名。而我也特别喜欢长有球根的植物。老普林尼《博物志》卷二十一第十七章里写"番红花以球根种植"，这里的球根在拉丁语里就是

bulbous。其语源就是"膨胀之物"的意思。哪怕不说番红花的花，光这个膨胀的部分就足以让我喜爱了。

希腊神话里的美少年克洛卡斯（Crocus）爱上了水精灵斯米拉克斯（Smilax），遂变成了番红花。有趣的是，在希腊神话里变化成球根植物的还有阿多尼斯（银莲花）、雅辛托斯（风信子）、那喀索斯（水仙），还有这里的克洛卡斯，清一色都是美少年。虽说希腊神话里的植物变身传说很多，但像月桂树、薄荷这些由年轻少女变化的绝不会是球根植物。要是我前面所说的没错的话，那球根和睾丸还真的可以类比一下呢。

或许是因为古代地中海沿岸的人们在那些有球根的野生植物之上，赋予了太多死而复生的美少年的想象吧。番红花也好，银莲花也好，风信子也好，或是水仙也好，每年花都会枯萎，到了第二年春天，球根又会再次发芽。庞德的弟子 T.S. 艾略特的诗里写道，当春天复来时，"冬天使我们温暖，大地给助人遗忘的雪覆盖着，又叫枯干的球根提供少许生命"。（艾略特《荒原》，赵萝蕤译文 ①）

---

① 英国诗人艾略特（Thomas Stearns Eliot）诗作《荒原》（*The Waste Land*），此处采用赵萝蕤译文，摘自《外国现代派作品选》第一册，上海文艺出版社，1980年10月。

the true Saffron.

　　一棵植物里，最美的当然是花，如同植物的面容。然而花处于植物从大地中生长出的茎的最前端，摇曳在虚空之中，就这点而言，仿佛反而游离在植物的生命之外，也不能否认确实给人一种抽象之感。于是，球根坚固地凝结在地底，哪怕干透了，也能从中非常具体地显现出植物那种活跃的生机。这就是球根的魅力，或者球根植物的魅力。

　　番红花在秋天盛放的代表品种是泊夫蓝，这个名字不是阿拉伯语，而是从中世纪的拉丁语进入波斯语系统，例如荷马的日语译本里有"拂晓今披上了泊夫蓝色的外衣"，在原文里我想不会是泊夫蓝，一定就是番红花。在克诺索斯宫发现了知名的壁画《摘泊夫蓝》一定是二十世纪的事情，而且《旧约·雅歌》里的"番红花"，日语译为泊夫蓝，实际上正确的也必定是番红花。

　　时值晚秋，在松叶般细柔的花叶间，泊夫蓝也开出了大大的淡紫色花朵，就像春天开放的那拥有小金色灯台的番红花的兄弟一样，总让我感到兴味盎然。

COSMOS BIPINNATUS

大波斯菊

コスモス

Cosmos

叫人追忆大正文化之花

大波斯菊会让人联想起前朝，那个被称作大正文化或者大正浪漫的时代。最盛行的时候，从在郊外文化住宅的院子里，到儿童杂志《红鸟》的插画里，到处都有。直到后来热潮慢慢衰退下去，也特别像大正文化，奇妙得很。

事实上，从明治末年尤其是日俄战争那会儿，大波斯菊在全国广泛得到种植，当时这种花在日本的流行，在时间上也恰恰和大正时代完全吻合。

石川淳在小时候，差不多是明治末年到大正初年那会儿，一直从浅草到向岛去玩。当时在向岛的堤岸上还有农田，随着四季变换种了各种草木。很多是西洋品种的花，在里面"最醒目的，还是在杨树林尽头的，那些波光粼粼的大波斯菊花丛"。又写道："在这大波斯菊的波光之中，我窥见了西洋。"这的确像是在大正时期度过青春的人，曾拥有着非常美好的梦想。

不知为何，如今已经不太见得到大波斯菊了。于是这种花慢慢就像那种深褐色老照片似的，越发勾起人怀恋的情绪。在我们的少年时代，大波斯菊和红蜻蜓一起，都是会激发那种初秋寂寞之心的代表景观。

　　二百十日①的台风结束后，秋天突然间放晴了，被前夜的雨打得湿透的大波斯菊纷纷倒在地上，看着可怜却依旧开着花。那幅情景常常浮现在我眼前。是哪年的秋天？我已经忘却了。不过，这样的情景似乎见过好几次。虽然花很孱弱，但花心却特别强健，哪怕倒地也依然昂着头，这就是大波斯菊的特征。

　　而且，大波斯菊的纤弱之躯长到两米多高，群花被风一吹，白色和红色就混杂在一起，摇曳起来波光粼粼的样子，正如石川淳所言。花梗花叶都纤弱，显得花更为纤弱，催生人心痛之感。恐怕这还伴有一些秋天的愁绪，于是大波斯菊就越发成为日本人特别喜爱之花，也是为此故吧！

　　有一些园艺植物先是在哥伦布发现美洲大陆以后，由西班牙人传到欧洲，又从欧洲传到日本，原产地在南美或是墨西哥。包括松叶牡丹、紫茉莉、金莲花、倒挂金钟、含羞草、时钟草、向日葵、大丽花、鼠尾草、仙人掌，以及百日草等，其中最符合日本风土，又最能融入日本文化的，当属大波斯菊。总觉得在江户时代就来到日本的感觉，但实际上是明治时期

---

① 　将立春作为起算日的第210日，约在9月1日。

W.ᵐ Edwards Del.   Pub. by S. Curtis Walworth Mar 1 1813.   F. Sansom Sc.

才进入的。大波斯菊是新来者，令人总觉得有些意外。

另有一点，大波斯菊那么得到日本人喜爱，一登陆就立刻开遍全国，但是在欧洲却完全没有博得任何人气。大波斯菊从新大陆被送到马德里皇家植物园园长卡瓦尼列斯神父那里时，正是十八世纪末年。和大丽花差不多时期，但根本就没有成为大丽花那种被人狂热追捧的对象。都知道波德莱尔和魏尔伦颂赞过大丽花，但谁听说过他们颂赞大波斯菊了？

就我浅薄的经验来看，所读过的欧洲文学里，从来想不起哪里提起过大波斯菊。

大丽花和大波斯菊确实能形成对照，一方华美，一方简约；一方盛气凌人，一方楚楚可怜。在这样的对照里，的确也能够清晰照见东西方人爱花背后的心理。

Pub. by J. Ridgway 169 Piccadilly July 1.

苹 果

りんご

Malus

正值秋天

正值秋天。

我们在布拉格的小城里待了一星期，常常去市内街角散步。这天，第一次开车去郊外，目标是布拉格东南二十八公里的卡尔施泰因，一座中世纪的小城。

不知不觉哼唱起斯美塔那的旋律来，正是心情绝佳的自驾天气，我们一路上尽情享受着波西米亚的秋天，波西米亚的自然。

别说小河流了，连那些美妙的农家边上，都开满了各式各样竞相争艳的鲜花。大波斯菊、鸡冠花、蜀葵、鼠尾草、美人蕉、大丽花、蔷薇、百日草、向日葵、紫茉莉……写之不尽。这地方纬度几乎和桦太接近，靠近北面，花的种类和秋天的日本也并无二致。或许是空气太干燥的缘故吧，花儿的颜色和轮廓都特别鲜明，给我留下了深刻的印象。

下车后，我们到各处去闲走。至今依旧记得在那农家的小院里，栽种着几棵苹果树，结了些小小的红苹果。有些还掉落在地上，差不多就是小孩子的拳头大小。我捡了一个，试着咬了一口，顿时酸甜噙于口，美味极了！

　　从地上捡苹果吃的经历，在日本从来不曾有过，这是第一回。

　　卡尔施泰因有座哥特式的小城坐落在山上，而我们便在那座山下的露天餐厅里点了杯皮尔森啤酒，借以润喉。有一部外观像黑色箱子的小汽车打眼前开过，每个人都带着微笑看着车内，我们也看了过去。见车内有一位身穿白色婚纱的年轻新娘，看来正要从此处去卡尔施泰因城内举办结婚典礼。——这一切，到今天依旧记忆犹新，是十五年前布拉格旅行中的一段小插曲。

　　有次在日本见到红苹果，也心生感慨："啊，好美！"这是差不多十年前的事了，我们开车从天龙峡穿越大平垰回木曾谷的途中，偶然间路过了饭田市。不同于在波西米亚的田园里见到的那种个头较小的苹果，这里的果实特别大，在雨后的农家庭院里，初秋的阳光把它照得美极了。

　　又一个冬天的夜晚，坐卧铺车从上野去青森，喝了点威士忌，逐渐沉沉睡去。次日一早醒来，只见得眼前一片茫茫白雪，车窗外全是低矮的苹果地，一望无际。我吃了一惊，见这些落叶的苹果树已经变黑，嶙峋的枝干上布满了青绿色的苔痕。

N. 1. Reinette de Canada.
2. Yorkshire Greening.

1. Striped Juneating.
2. Summer Oslin.
3. Kerry Pippin.
4. Summer Pippin.
5. Tartarian Crab.
6. Duchess of Oldenburgh.

正像蔷薇和百合特别难写一样，写苹果同样难。神话传说和象征体系实在是太多了，究竟采取哪些比较好呢？特别为难。有些例子哪里都有，但也不得不征引，没办法，就多少写点老掉牙的东西吧。

古罗马的诗人贺拉斯在《讽刺诗集》第一卷第三章里提到了一个性格反复无常的音乐家提格里乌斯，如果他兴致上来了，会在盛宴上大声歌唱"从鸡蛋到苹果"，拉丁语是 ab ovousque ad mala。鸡蛋是前菜，而餐后点心里苹果则是不可缺的，所以"从鸡蛋到苹果"表示"从开始到结束"。苹果，在拉丁语里就是 mālum。

这也不过是些老生常谈，只是突然想起，也就写下来了。不知为何，在日本的流行歌曲里，苹果的主题特别多。在我少年时期有一首非常熟悉的战前歌曲，里面唱道"等明天苹果树下再相逢"，而到了战后，又有并木路子的《苹果之歌》，到了美空云雀唱《苹果小调》几乎达到了最高潮。

到底为什么流行歌曲特别钟爱苹果呢？我是想不通这种事情的。

菊

きく

Chrysanthemum

欲挼更难挼

　　我父亲胜负心重，所以我幼时看惯了那些大人们坐在蒲团上围成一圈玩花札的场景。虽说是蒲团吧，更准确地说是白布裹起来的那种花札专用座席，跟一般的蒲团还大不一样。这东西一般是母亲自己做的。

　　伴着"啪、啪"的让人心情愉快的声音，在蒲团上那些交错打出的花札纸牌上，那张画面上有菊和杯相配的代表九月的二十点纸牌特别引人注目。同那些更为豪奢的纸牌相比，例如松间鹤立、梅上莺啼、樱垂幔幕、桐栖凤凰等，这张纸牌显得尤其接地气。云和杯是红色的，菊花则是金黄，其下的流水却映出了蓝色，让这张纸牌显得特别清爽纯粹。在我幼年的心灵里觉得酷极了，所以到今天还记忆犹新。

　　再写一件有关家父的事，而且也跟菊花和花札纸牌有关。

　　在《百人一首》里，不知何故父亲最拿手的是凡河内躬恒的那首：

　　　　欲挼更难挼，初霜惑人徒奈何，霜间白菊花

　　我少年的时候，不觉得这句有什么妙处。而自己拿手的歌留多纸牌 ①，也和写在纸牌上的诗句的优劣无关。那年头，擅长歌留多的人总有一张拿手好牌——谁都有自己喜欢的纸牌，绝对不愿意落到他人手里。要是拿手好牌被人家夺走了可算是耻辱，所以自己怎么也得保住这张牌，这也算是潜规则。

　　而且，"百人一首"读作"百人首"，其中"一"不发音。大人们都这么说，所以我也一直有样学样读"百人首"，直到今天还这样。

　　每当我想起战争岁月里那些少年时代的菊花，眼前总会浮现出十一月三日明治节的典礼。记得那时不管小学还是中学，都在仪式场上挂满菊花做装饰。正是一大早非常清冷的季节，我们都列队排在小学校园里，穿着短裤，手牵着手，大腿都冻得瑟瑟发抖。

澄空秋日菊花香，今日佳期寿未央

　　明治节之歌的开头唱"亚洲东方，日出之乡"，现在还能记得住的人绝对是少数派了。

　　有一种叫菊人形的东西，在今天我们的年代里已

---

① 歌留多纸牌，一种日本纸牌游戏，纸牌面上写有和歌。游戏者需要从听见的和歌中快速找到对应的纸牌。

经没有了，但是在文化、文政到明治末年那段时期里，一度非常流行。现在想想，总觉得是特别傻的现世宝贝。那些见多识广的江户文人也说，"精巧归精巧，但实在是太恶俗，看一眼都算多余"（《无眠遣怀》），"实在是俗物里的俗物，俗到让陶渊明看到的话还不如去为五斗米折腰"（《江户自慢》），就恶俗到这种地步。拿今天的话来说，就是非常"刻奇"①，会联想起浅草的花店屋顶。

　　樱花和菊花都是在日本的贵族文化里大受称颂之花，实际上特别容易陷入"刻奇"。这种东西完全能够暴露出江户的庶民文化里的讽刺性，在我看来倒是尤其有趣。

　　说着说着就俗了，但还有更俗气的，那就是后来"菊花"变成了一种隐语。说"菊花"或"菊座"，成了肛门的别名。多半是因为那种放射形状的样子让人想起菊花吧！不知道谁想出来的，不得不说算个好名字。

　　我在翻译萨德的时候，真的是托尽了这些江户文学里频出的词语的福气，谁让萨德的文学里一年四季都只盛开着菊花呢？

---

① 刻奇，德语 Kitsch 的音译，表示对于对象进行拙劣且平庸的模仿。

Pl. 22.

Cattleya superba.

兰

らん

Orchidaceae

恶魔的面容

　　十九世纪的法国作家于斯曼写过一部小说叫《逆流》，书里有这样一段话：

> 　　就如兰这样血统高贵的花，纤美而奢华，冷艳而威严。这种花从异国他乡流放到巴黎，住在暖房的玻璃宫殿之中，乃是世上植物世界中的女王之花。同那些陌巷植物或布尔乔亚之花之间，更无一点共通之处。

　　东洋也一样，兰花是文人趣味的对象，四君子之一。单从高雅之花这一点上来看，或许和欧洲之间颇有相似。然而不单是如此，在欧洲的兰花不仅是高贵之花，同时也是人工之花、颓废之花，甚至还被看作是恶魔之花。

　　于斯曼在另外一处也曾写道："模仿真花而成的人造之花已然太多，如今所想的，却是自然之花来模仿人造花。"这种"模仿人造花的自然之花"便是兰花。在这里，乃是表达赞美人工的思想。

　　世纪末的欧洲，本是反自然主义的颓废派趣味的时代。作为那个时代的标志的兰花，得到了当时艺术家和各路附庸风雅人士的广泛喜爱。霍夫曼斯塔尔提到过，奥斯卡·王尔德的手指是"折下的兰花，其脚则伸入了古代绢制的坐垫之中"。世纪末的诗歌和绘画之中也频频出现妖艳的兰花。

有兰花的文学作品，暂举一例。普鲁斯特在《所多玛和蛾摩拉》里，表达同性恋者夏吕斯男爵和其爱人朱皮安之间的关系，将其比拟为兰花和飞在其周围的昆虫之关系。不过，被爱着的男子朱皮安是那棵兰花。普鲁斯特无疑是那种鲜花型的作家，总会靠着各种妖艳的形象来做出卓越的比喻。在此处，兰花就成了性倒错的象征。

这样看来，十八世纪末以来那些采集家们所发现的珍奇的热带兰花，栽培在温室里，又卖到狂热的爱好者们手上。在植物中算是最高的奢侈品，也常伴有豪华的场面，而且在艺术作品中也常有出现。

更别提十九世纪之后，兰花独占了植物界的贵族地位，那种光辉之色、醉人之香、不可方物之态，散发出一种难以言喻的魅力。然而，兰之魅力绝不止于此。古人所知的兰花品种甚少，但他们却对兰科植物的恶魔秘密知之甚详。地上的花固然华丽，而地下的器官则奇异至极。这一点，古人倒是一下子就知道了。

G. Loddiges delt.

Cypripedium calceolus.

LÆLIA SUPERBIENS.

老普林尼这样写道：

> 如红门兰或长药兰（都是兰花的种类）那样
> 惊人的植物极为罕见。其叶如葱，其茎长达一掌，
> 花为紫色，有一对如睾丸形状的根。

兰花的块茎藏于土中，两个一对，大多是卵形的，因此兰的古希腊语是从 ὄρχις（意思是睾丸）借用来的，自古以来就和情色有缘。于斯曼和普鲁斯特这些世纪末的文学家热爱兰花，多少也是因为从其恶魔形象和颓废形象中能够得到些什么吧。

> 斯人化蜂去，空余兰之花
> ——蓼太 ①

虽说和西洋的兰花相比，东洋的实在平凡至极，但这句蓼太的俳句，或许也暗通了普鲁斯特的世界吧。估计作者听到这说法，也难免会仰天绝倒。

---

① 大岛蓼太，日本江户时代诗人。

图版解说

八坂安守

❀ 水　仙

P.002

　　在1875年英国刊行的《水仙图谱》（F.M.Burbidge; *The Narcissus, its History and Culture*）中的图（石版手工上色）中称为"多花水仙"（Narcissus tazetta），属于在日本各处野生的"中国水仙"（N. tazetta var. chinensis）的一个变种。相传其原种在古代由中国传来并野生化。水仙原种约25—30种，主要分布于自欧洲中部至地中海沿岸以及西亚北部。十八世纪后半叶，以英国、荷兰等处为中心成为园艺品，至今每年都有新品种问世。根据花形和花色，共分有12个园艺品种族群。作者伯比奇（1847—1905）乃是英国的园艺家、植物收藏家，出版了大量亲自绘制的图谱，本书也收录了这册书里的第48幅图，当作有关水仙的初期资料。

P.006

　　Curtis' Botanical Magazine（以下简称 *C.B.M.*）刊载的第51图（1788年，铜版手工上色）是西班牙原产

的水仙（N. hispanicus）。花的整体为浓黄色，副花冠的尖端部分开口极大是其特色。

P.007

魏因曼的《植物图谱》（J. W. Weinmann; *Phytanthoza Iconographia*……, 1737–45）中的水仙图。本书的图谱庞大，描绘了约4000种植物，共计1025幅图（铜版手工上色）。其荷兰语版本在十八世纪末传入日本，对木村蒹葭堂、岩崎灌园、宇田川玄真、大槻玄泽等产生了很大的影响。灌园的《本草图谱》里也借用了本书的很多图像。

❀ 山茶花

P.010

西博尔德的《日本植物志》（参照下页"梅"条）中所收录的日本山茶（Camellia japonica）一图（铜版手工上色）。同书中也刊载了茶梅（C. sasanqua）之图（铜版手工上色）。

P.014

C.B.M. 第42图（铜版手工上色）所刊载的日本山茶。本图发表于1788年，可能是欧洲最早的彩色山茶图。

P.015

　　塞缪尔·柯蒂斯在《山茶属研究》（Samuel Curtis；
A Monograph on Genus Camellia, 1819）中的一图，
描绘了半八重的山茶。柯蒂斯是 *C.B.M.* 创始人威
廉·柯蒂斯的养子，并继承了其事业。1801年至1846
年间，由他来继续发行 *C.B.M.*。除本书之外，他还
以植物学家兼出版人的身份刊行了《美花选》（参
看"郁金香"条）。《山茶属研究》是大型豪华对开本
（70×57cm），其中收录了5幅图，均是在一图中描绘
了多种园艺品种。这些图都是克拉拉·玛丽亚·波
普（Clara Maria Pope, 1760？—1838）绘制的。与
其说这两本书在绘制上有多精确，还不如说是那种
将多种花集中在一起令人感到无比豪华。本书是山
茶图中非常早期的作品，对于山茶的研究而言也是
极贵重的资料。

❀ 梅

P.018

　　西博尔德《日本植物志》（P.F. von Siebold；*Flora
Japonica*, 1835—70）中的梅图（Prunus mume）（铜版
手工上色）。西博尔德（1796—1866）于1823年（文
政六年）至1829年（文政十二年）身在日本，对于日

本的医学、生物学等发展做出了很大的贡献。本书的图像是他根据六年间所搜集的腊叶标本以及日本画家川原庆贺绘制的写生画制作而成，并在植物学家楚卡里尼和米克尔的协同下，主要于1835至1836年间依次发行了35本分册。西博尔德未曾见到最后五册出版便与世长辞。他绘制了700余幅植物图像，而助手们至死也只绘制了151幅。热爱梅花并用到其果实的国度唯有日本和中国，而欧美各国至今也基本上见不到。因此，在欧洲的图谱里几乎见不到梅花，本图或许是唯一的梅花图。西博尔德在解说中提到，"日本人对盆栽的热爱令人难以置信，种梅花不是一般的趣味，已是一门足以营利的职业"，"其果实熟透后难以下咽，唯有趁其尚青，盐渍后食用。日本人对此极为喜爱，而欧洲人则觉得酸到难以接受"。此外，所剩下的那些没有出版的植物图像，近年来也已经在《日本植物图谱》（丸善株式会社刊）中得到出版刊行。

P.022

岩崎灌园（常正）《本草图谱》（全92册，参照1830—1844 "合欢"条）中之梅花（写本手工上色）。

P.023

毛利梅园《草木花谱》（全17帖，参照未刊条

"樱")中之梅花（春之部"一"所收，自绘彩色稿本）。

❀ 堇

P.026

伍德维尔《药用植物》（W.Woodville; *Medical Botany*, 4 vols., 1790–94）中描绘的香堇图（铜版手工上色）。这些极为普通的堇在欧洲被称为"Sweet violet"（香堇）。原产于地中海沿岸、西亚地区。作者伍德维尔（1752—1805）是伦敦市内的执业医师，在自家庭院的植物园里栽培并研究各种药草。本书里所采用的是全四卷中第274号药草图示。

P.030

C.B.M. 第2089图（1819年，铜版手工上色）所收录的双花堇菜（V. biflora）。原生于北半球亚寒带和高山带地区，日本也有，日文名称为"黄花の駒の爪"。

P.031

几乎遍布欧洲的三色堇（V. tricolor）图。本图收录于威廉·柯蒂斯《伦敦花卉》（William Curtis; *Flora Londinensis*, 6 vols., 1777–98），属于野生三色堇类（铜版手工上色）。全世界温带地区约有400种堇属，其中据说日本约有50种。不过意外的是，被园艺化的品种极少，只有三色堇和香堇。三色堇的园艺品种通常称为花园堇（Garden Pansy），大多数是花朵极大且色泽鲜艳。不过园艺品种的历史还是不太久远，基本上是十九世纪后期的事情了。野生三色堇通常和其他三四种堇类交杂种植。作者 W. 柯蒂斯（1746—1799）同其养子塞缪尔·柯蒂斯都是有名的英国植物学家，他作为 *C.B.M.* 的创始人而广为人知。

❀ 郁金香

P.034

纽伦堡的富豪医生克里斯托夫·特鲁（1695—1769）出版的《美庭之花》（Christopher J. Trew；*Hortus Nitidissimis······Amoenissimorum Florumimagines······*，3 vols.,1750–86）中之图（铜版手工上色）。本图谱收录180幅图，是由当时代表性的植物画家埃雷特（Georg D. Ehret，1708—1770）及其余数人绘制的。此郁金香被称为 Tulipa gesneriana，并非原生于欧洲，而是在十六世纪中叶从土耳其移植而来。郁金香现在的品种已经达到2500余种，即使如日本也栽种了500—600种。依据花期、花形、习性等，在园艺种类上被分为15个类别。

P.038

　　C.B.M. 第1202图（1809年，铜版手工上色）所登载的森林郁金香（T.sylvestris），原生于欧洲各大森林。

P.039

　　塞缪尔·柯蒂斯《美花选》（Samuel Curtis；*The Beauties of Flora*，1806–20）中的郁金香图（铜版彩色印刷并手工上色）。本书作为收录代表性园艺植物——风信子、银莲花、康乃馨、大丽花——之图版的豪华图录（71×58cm），其旨趣不同于一般的植物图录，乃是绘制背景并能够当成绘画来欣赏的图录。当时在新品种的花瓣上绘制了条纹，也不知道这些条纹究竟是突然的异变还是出于病毒感染。

❀ 金雀儿

P.042

　　刊登在《植物手册》（*The Botanical Register*，以下略称 *B.R.*，参看"大波斯菊"条）第217图（1817年，铜版手工上色）上的一种金雀花（Cytisus canariensis），原产于加那利群岛。

P.046

　　C.B.M. 第442图（1799年，铜版手工上色）所刊

载的金雀花（Cytisus linifolius）。

P.047

　　本图乃是威廉·巴克斯特编辑发行的《英国显花植物》（William Baxter; *British Phanerogamous Botany*, 6 vols., 1834–43）中所记录的金雀花（C.scoparis）图（铜版手工上色）。普通的金雀花原生于欧洲全境，于延宝年间（1673—1680）传入日本，逐渐普及全国，如今已经栽培得很普遍。金雀花传入之时学名被称为"ゲニスタ（Genista）"，逐渐传为"エニシダ"。在分类学中，分为 Genista 属和 Cytisus 属两类。一般当成庭院树的属于 Cytisus。作者巴克斯特（1788—1871）在1813年至1851年间担任牛津大学植物园主任，其间也从事本书的执笔、编辑和出版。在19世纪前期开始发行的 *Curtis's Botanical Magazine*（1787—）的刺激之下，相继出版了《植物手册》（*The Botanical Register*, 33 vols., 1815–47），《植物陈列馆》（*The Botanical Cabinet*，20 vols., 1817–33）。本书也是其中之一。

❀ 樱

P.050

　　西野猪久马笔下《樱花图谱》（未出版）中的"珠数挂樱"（水彩着色）。西野氏（1870—1932）自明治三十年（1897）起，在小石川植物园内担任东京帝国大学理学部植物学教室画家。在日本近代植物学研究领域的开拓者、专研樱花的三好博士旗下，专门绘制全国樱花的名木和精品的单色、彩色图像，合计百数十幅，因三好博士去世而中断，遂没有实现图库出版。大正十五年（1926）所描绘的新潟县梅护寺珠数挂樱正是这些图绘中的一幅。这株樱花至今可见于新潟县。

P.054

毛利梅园《草木花谱》[全17帖，自绘稿本，文政三年（1820）至嘉永二年（1849）]中的樱花图。毛利梅园名元寿，在幕末担任三百石的旗本，生于宽政十年（1798），殁于嘉永四年（1851），时年五十四岁。此前他一直被当成是周防及长门两国三十六万石的大名毛利家族的右田（今防府市）邑主毛利房显的次子毛利元寿，后来在研究（中田吉信氏）之下才表明是同名的两个人。除了本花谱外，还留有《梅园海石榴花谱》《梅园介谱》《梅园鱼谱》《梅园禽谱》等。

P.055

三熊露香《樱花薮》中"普贤象"的图（绢本着色）。露香乃是化政时期活跃于京都的女画家，《续近世畸人传》作者、同样留有樱花图谱的三熊花颠之妹。蜀山人激赏本帖，称"绘花如此，可为春日爱樱花人镜中所观"。

❀ 丁　香

P.058

斯特普《园艺花卉图谱》（参看"向日葵"条）中所收丁香图。

P.062

C.B.M. 第3278图（1833年，铜版手工上色）所载原产于匈牙利的丁香（Syringa josikaea）。特征是叶片细长，表面有光泽。花的颜色是浓厚的丁香色。花种的副名 josikaea 是为了纪念将其引入欧洲的匈牙利男爵夫人约西卡（Baroness von Josika）。

P.063

同书 *C.B.M.* 第183图（1792年，铜版手工上色）所刊载的欧丁香（S.vulgaris）图。此丁香又被称为普通丁香，栽种极其普遍。原产于黑海沿岸，16世纪末开始在欧洲各地得到种植。这就是人们常说的丁香花（淡紫色），香气逼人，令人喜爱。如今有了很多园艺品种，从白色到浓紫色各种花色，大型花序以及八重花等，各种都有。丁香里约有30种遍布欧洲到喜马拉雅、东亚各地。日本也有暴马丁香（S. reticulata）和其变种"满洲"暴马丁香（俗名东北暴马子），在明治中期从欧洲引入，主要在北海道等地当成庭木来种植。日文名称为ムラサキハシドイ，英文名称则为Lilac（法文名Lilas）。最近也常能在园艺品中见到原产于中国北部、低矮的小叶巧玲花（S. microphylla）。

❀ 鸢尾花

P.066

　　C.B.M. 第50图（1788年，铜版手工上色）所载的西伯利亚鸢尾（Iris sibirica）。鸢尾花原产于中欧到俄罗斯，叶细花小，近似日本产的鸢尾。花色为淡紫蓝色或紫蓝色，园艺品则为白色或蓝色。

P.070

　　收录于伍德维尔《药用植物》（参照"堇"条）的佛罗伦萨鸢尾（I. florentina）图（铜版手工上色）。

P.071

　　C.B.M. 第671图所刊载的佛罗伦萨鸢尾。主要为观赏而栽培，将其粗壮根茎晒干后能散发出香气，磨成粉后可制成化妆品或香料等。内外花瓣共三片，色

白而大。外花瓣底部和鸡冠状凸起处有黄色，内花瓣直立略带卷曲。原产地不明，可能分布在地中海沿岸，又发散到欧洲各地。香根鸢尾（Orris root）的主产地在意大利，主要是佛罗伦萨一带，因此学名中的副名为"佛罗伦萨"，不过如今多为同其非常相似的德国鸢尾（I. germanica）变种（var. florentina）。庆应三年（1867）田中芳男氏将其带入日本。

❀ 牡　丹

P.074

本杰明·蒙德（Benjamin Maund，1790—1863）所编辑发行的《植物花园》（*Botanic Garden*；13 vols., 1825–51, reissued ed., 1878）里刊载的牡丹。

P.078

毛利梅园《草木花谱》（参看"樱"条）中的牡丹图。

P.079

C.B.M. 第1154图（1808年，铜版手工上色）之牡丹（Paeonia suffruticosa）。*C.B.M.* 是威廉·柯蒂斯（参看"堇"条）于1787年创刊的植物杂志，至今依旧在继续，是世界上最长寿的植物研究志。一年

间（1 vol.）合计刊载30—60幅手工上色铜版画，各
自配1—4页的解说词，介绍内容为各植物的分类、形
态、原产地、栽培法等。柯蒂斯只采用在他的植物园
里所开的花作为图版。他死后（1799年殁），约翰·西
姆斯（John Sims，1749—1831）、塞缪尔·柯蒂斯
（Samuel Curtis，1779—1860）、威廉·胡克（William
J. Hooker，1785—1865）及其子约瑟·胡克（Joseph D.
Hooker，1817—1911）等著名的植物学家继续编辑发
行。迄至1948年共刊载了9688幅图版，从这一年起
废除手工上色，改用彩色印刷，至今图版数已经多于
11 000幅了。

❀ 朝　颜

P.082

　　C.B.M. 第113图（1790年，铜版手工上色）所
刊载的朝颜，日文名称为"西洋アサガオ"（Ipomea
purpurea）。日出时候开花，正午即凋谢，和日本的朝
颜（Pharbitis nil）相同，而在植物学所属上不同，和
番薯是同一类（也有人不论其区别，同归一类）。原
产于热带美洲，古代就被带到欧洲，如今大半是野生
品种。本图花色接近原种，而在园艺品种内还有白色、
桃色、绯红、紫色、混合色以及重瓣等种类。

P.086

詹姆斯·索尔比《英国植物志》（James Soweby；*English Botany*，36 vols.，1790—1814, 2nd ed., 1832–46）中的一种朝颜（铜版手工上色）。索尔比（1757—1822）以英国植物画家而知名，也是植物学家、动物学家。本书在当时著名的植物学家詹姆斯·史密斯（James E. Smith，1759—1824）的协助下于1790年开始发行，25年内总共发行36卷，收录图版达到2592幅之多。在出版之初，这是无利可图的，据说索尔比只能靠着教授肖像画来支付生活费。本图来自于第二版（1832–46），从第二版以后，他随时任林奈协会会长的史密斯开始采用林奈体系进行了重新分类排列，因此这里所刊登的图版有初版和再版两个编号。

P.087

B.R. 第222图（1819年，铜版手工上色）的一种朝颜。

❀ 苧　环

P.090

《植物陈列馆》（*The Botanical Cabinet*；20 vols.，1817–33）第657图（1822年，铜版手工上色）所刊载的原产于

欧洲阿尔卑斯的苎环（Aquilegia alpina）。本书是英国园艺家罗迪格斯父子（Conrad Loddiges, 1739—1826/George Loddiges, 1784—1846）所出版的植物图谱。17年间出版了20卷计200册，绘制的图版达到2000余幅。最大的特色在于这是英国最早的一本介绍全世界植物的书，尤其是收录了丰富的南部非洲植物。缺点在于其解说文不够科学，资料性有所欠缺。

P.094

C.B.M. 的第246图（1793年，铜版手工上色）中刊载的一种苎环（A. canadensis），俗称为Honeysuckle，更有名的叫作忍冬。苎环在北半球的温带地区有70余种，日本也有4种。花瓣、萼片各5枚，花瓣底部有触须长长向后伸出是其特征，过去视其如麻线环绕的苎环，故而得名。由于杂交非常容易，所以就能通过复杂的杂交来创造出非常美丽的园艺品种。日本有苎环、山苎环、大山苎环、三宫苎环，不过通常没发现有苎环的野生品种。

P.095

C.B.M. 第1221图（1809年，铜版手工上色）中所登载的苎环园艺种（A. hybrida hort.）。

❀ 向日葵

P.098

　　绢毛葵（Helianthus argophyllus，石版彩色印刷）。本图收录于斯特普（Edward Step，1855—1931）所编辑发行的《园艺花卉图谱》（*Favorite Flowers of Garden and Greenhouse*, 4vols., 1895–97）。到了十九世纪后半叶，石版印刷的大部头图谱越来越多，过去铜版手工上色的风味已经逐渐消散了。渐渐地，博物类图谱全然失去了原来的厚重感，成了平面色彩图，最后结果便是艺术品衰退成了印刷品。

P.102

　　B.R. 第524图（1822年，铜版手工上色）所刊载的向日葵图（Helianthus mollis）。

P.103

　　约翰·米勒《林奈植物分类体系图谱》（John Miller; *An Illustration of the Sexual system of the Genera Plantarum of Linnaeus*, 1770–77）中的向日葵（H. annus）图（铜版手工上色）。米勒（1715—1790）是生于纽伦堡的画家，主要活跃于英国。正如其"决不干光为了挣钱的工作"的豪言壮语一样，他所留下的植物图大多无比精美。本书也是其代表图录，共有包括牡丹、西番莲、无花果等共计108幅大型铜版手工上色的彩画。向日葵属原产于美洲大陆，约有100种，而得到栽培的也就瓜叶葵、绢毛葵等数种，这在其中或许也是最知名的。不光能观赏，其种子还能榨出上等的油，所以栽培也很广泛。传到欧洲是1599年，而传到日本是宽文六年（1666）。

✿ 葡　萄

P.106

约翰·林德利著《英国果实图说》（John Lindley；*Pomologia Britanica*, 3 vols., 1841）中的葡萄图（铜版手工上色）。本书以"英国本国所栽培的最重要水果之图示及解说"（本书的副标题）为宗旨，刊载了包括苹果、梨、桃子、杏、草莓等在内的152幅图。此图版及解说最初在1828年发表于《果树杂志》（*Pomological Magazine*），应是后来发行单行本，所收录的都是当时最重要的水果品种。作者林德利（1799—1865）是英国代表性的植物学家、园艺学家，尤其以研究兰花闻名于世。他也是至今犹存的皇家园艺协会（R.H.S.）所主持的花展的创始者，在日本开国后，也为不少植物从日本传到英国做出了很大贡献。

在包括山百合在内的很多日本植物的学名中，都留下了他的名字。

P.110

雷杜德《花和水果》(Pierre J. Redouté；*Choix des plus belles fleurs et des plus beaux fruits*，1827–33）中的葡萄图（点彩铜版多色印刷，兼手工上色）。"蔷薇画家"雷杜德画了各种植物图谱，合计144种花和水果之图，这也是其中之一（有关雷杜德可参看"蔷薇"条）。

P.111

前文《英国果实图说》中收录的其他葡萄图（铜版手工上色）。

❀ 蔷　薇

P.114

《园艺图谱》(*L'Illustration Horticole*；43 vols., 1854–96）中刊载的园艺品蔷薇（石版彩色印刷，兼手工上色）。正如题名所示，本书收录了极丰富的石版彩色印刷图，并在比利时的根特（后半部分在布鲁塞尔）出版发行。根特就是西博尔德把植物样品从日本带回去并从种子开始尝试种植的地方，是当时栽培园艺植物的一大根据地。

P.118

C.B.M. 第284图（铜版手工上色）的蔷薇图（1794年），由中国月季（Rosa chinensis）而创造的深红蔷薇。这可能是当时园艺的新品种。

P.119

雷杜德《蔷薇图谱》（P. J. Redouté；*Les Roses*, 3 vols., 1817–24）中蔷薇的园艺品种（R. centifolia var. muscosa，点彩铜版多色印刷，兼手工上色）。这种蔷薇的特征是在萼片上有着苔状软毛，其种子原产于东高加索地区。16世纪末，被引入法国和英国，并加以全面改良。这本著名的《蔷薇图谱》无疑是雷杜德（1759—1840）的代表作，同时也是直至那时所有植物图谱中最美轮美奂的一部。包括扉页在内共有170幅图，分三册收录，其解说词则是植物学家托里（C. A. Thory）所写。在这里所绘制的蔷薇，大半取材于拿破仑王妃约瑟芬（1814年殁）搜集栽培于马尔迈松城堡的那些。雷杜德生于比利时，作为父亲职业室内装饰的传人，他在24岁来到巴黎，一心一意担任植物画家，最终获得了约瑟芬的宠爱，也获得了当时在巴黎社交界极其有名的巴黎荣誉军团勋章。不过他晚年债务缠身，生活贫困不堪。

❀ 西番莲

P.122

　　C.B.M. 第28图（1787年，铜版手工上色）中所描绘的西番莲种（Passiflora coerulea），是非常普通的种类。

P.126

　　《植物陈列馆》（*The Botanical Cabinet*）的第97图（1818年，铜版手工上色）中所描绘的一种西番莲（P. filamentosa = P. palmata）。

P.127

　　C.B.M. 第651图（1803年，铜版手工上色）所刊载的一种西番莲（P. serratifolia）。西番莲一系有400多种，基本上都原产于热带美洲，东南亚和澳大利亚有2—3种，有一种原生于马达加斯加岛。作为藤本或是木本的植物，生长着和叶子交织在一起的卷须。花有着独特的样子，当日本人第一次见到的时候，联想起了钟表的表盘，于是也就管它叫时钟草。欧洲人（以传教士为主）最初在中美洲或是南美洲见到这种花的时候，觉得它表现出了基督受难的样子。三根花柱是三个钉子，五个雄蕊象征五个伤口，五枚萼片则表示

众使徒，于是称其为"受难花"（基督受难之花），其学名也是来于这个语源。这种珍贵的花传入欧洲是在17世纪前半叶，那时所引进的是那些处于比原产地冷得多的欧洲也能存活的蓝色西番莲（P. coerulea）。这里所登载的图是原产于墨西哥的serratifolia品种，据记录是1731年引入英国。西番莲进入日本是享保八年（1723），想来也是极能抗寒的西番莲种。

❀ 紫阳花

P.130

　　C.B.M.（1799年，铜版手工上色）所收录的西洋紫阳花（Hydrangea macrophylla f. hortensia）的图。这种品种非常接近紫阳花，颜色从桃色到天蓝色都有。相传是1789年欧洲自中国运来，可见本图是非常早期之物。虽说冠以"西洋"的名称，但也是在亚洲原产的基础上在欧洲加以改良，让种子能够更好生长，方便制成园艺品。有很多确实是重新输入日本的园艺品。

P.134

　　西博尔德《日本植物志》（参照"梅"条）第51图（铜版手工上色）所描绘的额紫阳花（H. macrophylla

f.normalis）。分布于东亚温带到亚热带地区，在日本产于房总、三浦、伊豆半岛及伊豆七岛等地。从过去镰仓时代开始，就已经种植在庭园里被园艺化。有可能紫阳花就是在那时候开始发生变异的。西博尔德特别喜欢紫阳花一系，在他的图谱里共收录了17幅。

P.135

同是西博尔德的《日本植物志》第52图（铜版手工上色）所描绘的紫阳花（H. macrophylla f. macrophylla）图。在紫阳花图中，这幅可能是最正确、最美丽，同时也是最有名的了。紫阳花一系分布于南北美洲大陆和东亚地区，约有30—40种，日本也有其中的10种左右。额紫阳花、山紫阳花、玉紫阳花、小紫阳花、圆锥绣球等，都被当成庭木来加以种植。据说紫阳花是从额紫阳花改良而成的，还没有发现有野生的品种。小花全是无性花（装饰花），不会结果，繁殖要完全依靠砍断枝条嫁接来进行。

❀ 百 合

P.138

横滨植木株式会社所作的《百合花选》[明治三十二年（1899）刊，石版彩色印刷]中的日本百合（Lilium japonicum）图。该社是明治中期所创立的种苗进出口公司，对于战前日本的园艺界有着很大的影响。本书的编写，是作为日本所产的百合的总目录。这一方面确实反映了日本百合在国外广受欢迎的事实，同时也是一本非常豪华的目录。日本百合生长于中部地区以西，楚楚可怜，其叶如筱竹，故得名筱百合。

P.142

《园艺图谱》（参照"蔷薇"条）所描绘原产于北美中南部的百合（L. philadelphicum）图（石版彩色印刷，兼手工上色）。

P.143

特鲁《花卉选》（Christopher J. Trew；*Plantae Selectae, Quarum Imagines*……，10 parts, 1750–73）中所描绘的百合的一种（铜版手工上色）。百合一系约有100种分布于北半球温带，日本有12—13种。其中山百合、鬼百合、透百合、麝香百合等都是世界知名的原种，明治时代广泛输出。巅峰时期（昭和十二年，1937）的输出量高达4000万株以上。由于大正至昭和初期的出口和战时粮食危机中的混乱采摘，野生品种数量迅速降低，现在又开始回升。本图是原产于美洲东部的百合

（L. superbum），样子很像日本的鬼百合。这种百合已经在17世纪半叶被引进欧洲。基调是橙色，有浓红褐色斑点，前端深红，后端反翘是其特征。

❀ 合　欢

P.146

　　川原庆贺《花木花实写真图谱》中的合欢。庆贺（1786—1862？）被西博尔德选为长崎的绘师，为此画了很多植物、动物、日本的仪式、风俗等。西博尔德的《日本植物志》（参看"梅"条）中很多绘画都出自其手。本书乃是他在西博尔德以及随西博尔德一同来日的画家维伦纽夫的指导下，学习了欧洲植物画的技法后的成果，天保七年（1836）发行了单色印刷的《庆贺写真草》，收录了56幅图绘，第二年（明治初年）又发行了木版彩印的新版。

P.150

　　毛利梅园《草木花谱》（全17帖，自绘稿本，参看"樱"条）中所描绘合欢图（水彩）。合欢一系主要生长于以旧大陆的亚洲、非洲、澳大利亚为主的热带、亚热带地区，约有50种。种植很少。本图是日本随处可见的合欢（A. julibrissin），生长于从东亚日本到南亚和伊朗地区。此外还有叶片大、小叶数量稀少的大叶合欢和广合欢。日本的品种应该是本来生长在热带的部分，侵入温带地区后逐渐野生化。欧洲和美洲所栽种的也基本上是这一品种。一般开浅桃色的花，也有白色或红色的。花通常在六到八月间傍晚开放，相对所生的小叶在白天打开，晚上则合拢，因此命名为"眠木"。英文名字叫作 Silk tree，或者也可称为 Mimosa tree。之所以叫"Mimosa"是因为自古便将其独自视为合欢科（Mimosaceae）的树木，而非豆科植物。

P.151

岩崎灌园《本草图谱》（全92册，写本手工上色）中的合欢图。本书是我国最大的植物图谱，在天保元年（1830）至弘化元年（1844）的十五年间制作了92册，收录图绘2000余幅。本书用木版彩色印刷是从大正年间开始的。岩崎灌园（1786—1842）生于江户下谷幕府徒士之家，本名常正。在本书外，也有《武江产物志》《草木育种》等。

❀ 罂　粟

P.154

C.B.M. 第1633图（1814年，铜版手工上色）西伯

利亚雏罂粟（Papaver nudicaule），一般在制成干花出售时称为"冰岛罂粟"。原产于亚洲北部，花色通常为黄色，也有从白色到深红色的各色品种。由于普遍栽培在花坛里，因此常常是白、黄、红多种花色混合种植。

P.158

伍德维尔《药用植物》（铜版手工上色，参照"堇"条）中所绘制的雏罂粟（P. rhoeas）。

P.159

毛利梅园《草木花谱》（参照"樱"条）中所描绘的雏罂粟（P. rhoeas）图。图中"丁亥"表明这是文政十年（1827）的素描作品。雏罂粟在英语里被称为 Corn Poppy，生长在中欧到亚洲一带，常常被看作麦田里的杂草。日本早在江户时代初期就已经有所栽培，由于是经由中国而进入，因此也会亲切称其中国的名称"虞美人草"。罂粟一系分布在旧大陆的中心，约有50种，而生长于地中海东部沿岸至西亚的罂粟（P. somuniferum）中鸦片含量颇高，自古以来就是作为药用植物来培植。进入日本至今，已经有五百年了。如今常规的种植是被禁止的，种在花坛里供观赏用的那些，除了雏罂粟外，还有鬼罂

粟（东洋罂粟）、西伯利亚雏罂粟（冰岛罂粟）、牡
丹罂粟等。

✿ 番红花

P.162

　　大卫·伍斯特《山草图谱》（David Wooster;
*Alpine Plants,The most striking and beautiful of the
alpine flowers*, 2 vols., 1872–74），秋天盛开的番红
花图（石版彩色印刷，兼手工上色）。右侧是原产
于黑海沿岸的番红花（Crocus speciosus），在秋天中
盛开时更显美丽。左侧是原产于欧洲西南部的番红
花（C. nudiflorus）。作者伍斯特（1824—1888）最初
作为十九世纪初期活跃的著名园艺家劳登（James C.
Loudon,1783—1843）的著作修订者，此后自己也编撰
了《植物事典》。番红花约有80种，分布在地中海沿
岸到亚洲西南一带，很早就在荷兰被改良为园艺品种。
如今在欧洲全境都有培植，是庭园或公园等不可缺少
的春景。番红花大多于春天盛开，也有秋天盛开的。
春天开花的种类茎短，花枝也短小，秋天开花的种类
花枝就很长，故而大多长得弯弯曲曲。作为药用植物
知名的泊夫蓝（C. sativus）也是秋天开花的，也被称
为"泊夫蓝番红花"。

P.166

　　C.B.M. 第45图（1788年，铜版手工上色）所描绘的春天盛开的黄花番红花（C. maeciacus），原产于希腊、小亚细亚等地方。

P.167

　　特鲁《美庭之花》（参看"郁金香"条）中所描绘的泊夫蓝（C. sativus）图（铜版手工上色）。

❀ 大波斯菊

P.170

　　斯特普《园艺花卉图谱》（参照"向日葵"条）中所收录的大波斯菊图（石版彩色印刷）。

P.174

　　B.R. 第207图（1837年，铜版手工上色）所刊载的异叶秋英（Cosmos diversifolius）图。*B.R.* 是接续 *C.B.M.* 的植物志，是植物学家西德纳姆·爱德华兹（Sydenham Edwards，1768—1819）于1815年创刊的，直到1847年共计发行了33卷。以"英国国内庭园种植的外国植物彩色图绘、其来历及处理方式"为主题，全卷收录了彩色图版高达2702幅。

P.175

C.B.M. 的第1535图（1813年，铜版手工上色）中的大波斯菊（C. bipinnatus）。大波斯菊一系有25种，完全以墨西哥为中心，分布在从北美西南部到玻利维亚这样一块比较狭长的区域之中。除了被当作园艺品种植的大波斯菊之外，还有黄色大波斯菊（C. sulphureus）和异叶秋英等，无论对于欧洲、美洲还是日本来说，都不算是很流行的花。进入日本是在明治十二年（1879），意大利人拉古萨被聘为东京美术学校教师，过来时首次带来其种子。而进入欧洲乃是在1799年，本图大体是进入英国之后绘制的。在日本，日俄战争后传播至全国，并被大肆宣传为给秋色添彩的美丽之花，而如今已经大多野生化了。

❋ 苹　果

P.178

约翰·林德利《英国果实图说》（全3卷，1841年，参照"葡萄"条）的苹果和苹果花之图（铜版手工上色）。种植苹果自古就是拿来直接食用，也能作为酿苹果酒（Cider）的原料，像现在这样大规模种植苹果是18世纪末到19世纪初年的事情，此前大多是半野生状态的小苹果。

P.182

休·罗纳兹《苹果图谱》（Hugh Ronalds; *Pyrus Malus Brentfordiensis, or, A concise Description of Selected Apples*, 1831）中之一图（石版手工上色）。全书42幅图，描绘了当时英国所种植的178种苹果。标题中的布伦特福德（Brentford）如今是伦敦西南部泰晤士河北岸的一个安静住宅区，当时则是拥有着大量果园的田园。对于编者休·罗纳兹，除了知道他是祖祖辈辈生活在布伦特福德的园艺家之外，其他所知不详。本书里的图是其女儿伊丽莎白描绘在标题页上的。十九世纪初年起，石版印刷技法逐渐兴盛起来，到了十九世纪末，大量版画开始采用粗糙的大平板，而这种石版印刷则是早期最为精良的一种。

P.183

前文的休·罗纳兹《苹果图谱》中的一图。这里所刊载的六种苹果乃是从晚夏到初秋收成的早生种。

❀ 菊

P.186

《英国园艺协会会报》（*Transactions of*

Horticultural Society）第五卷（1824年）所刊载的菊图。英国的园艺协会创设于1804年，1861年成为"皇家"。从1815年开始，在《会报》（*Transaction*）上发表会员成果，所登载的大多数为手工彩色图版。这幅菊图并非日本产的菊，而是从中国引进的园艺品种。《会报》迄至1848年，共发行了10卷。

P.190

　　近卫予乐院（家熙）作《花木真写》（全3卷，手绘卷本）中"寒菊"一图。近卫予乐院（1667—1736）是后水尾天皇的孙子，担任东山天皇的关白、中御门天皇的太政大臣等要职。四十五岁时退官，一心追求学艺和艺道三昧的生活，最终成为当时和汉书画界学识最高之人，凌于此界众人之上。《槐记》乃是他当时的私人医生山科道安对他晚年谈话的记录。《花木真写》的制作年代尚不是很清楚，不过图像栩栩如生，共三卷，描绘了125种植物。包括茑萝松、朝鲜蓟、西番莲、棉花、向日葵等很多外来植物。关于这里所载的"寒菊"，北村四郎博士指出："寒菊属于岛寒菊的园艺品种，有长长的筒状花，这点和野生品种不同。《花坛纲目》（注：1681年日本出版的最早的花卉书籍）中所载的栽培法在当时由来已久。琉球、中国的台湾和大陆也有种植，或许正是从彼处传来。"
岛寒菊（C. indicum）也正是如今园艺品种里广为人
知的一种。

P.191

　　岩崎灌园《本草图谱》[全92册，1830年（天保
元年）—1844年（弘化元年），写本手工上色]中的"不
断菊"（夏菊）。有记载说，"因其能开八十八夜，故
名为八十八夜，苗长一尺，花色红黄白三色，花瓣均
如筒状"。

❀ 兰

P.194

　　约翰·林德利编撰的《兰科植物图谱》（John
Lindley; *Sertum Orchidaceum*……,10 parts,1837–41）
中的"卡特兰"（Cattleya superba）。本书共10分册，
收录了50幅兰图。副标题是"最美的兰花束"，石版
印刷手工上色，搜集了当时兰花最有代表性的栽培品
种。图中所载的紫色品种（C. violacea）原产于哥伦比
亚到巴西。

P.198

　　《植物陈列馆》（参照"芋环"条）第363图（1819

年，铜版手工上色）中所描绘的杓兰属（Cypripedium calceolus），原产于北美，和大花杓兰属于一系。

P.199

詹姆斯·贝特曼《墨西哥及危地马拉产兰科植物图谱》（James Bateman；*The Orchidaceae of Mexico and Guatemala*，40 plts., 1837–43）中所描绘的兰花（Laelia superbiens）。本书是开本大小为73×53cm的大型本，从1837年到1843年依次发行，共40幅图谱。据说石版印刷手工上色在部数上只能印刷125部。不过在石版印刷的图谱中，最为美丽的据说公认是兰的图谱。本图中的兰花是生长分布于墨西哥到巴西北部的寄生兰，约有30种。兰种原产于墨西哥和危地马拉，寄生在树上或者岩石上。据记载，传到英国是1842年。本图应该是传来没多久就画成的。贝特曼（1811—1897）是英国园艺家，尤其关注兰科植物的培育研究，除此之外也写了几本和兰有关的书。

兰类有很多分属，本卷中所收其属各异，章节中使用总称，只唤为兰（Orchidaceae）。

后 记

毋庸多说，其实我根本就没有如林达夫先生那样，去看什么种苗商的目录，然后买一堆西洋草木回来。也没有照着自己的兴趣一本正经专心搞庭院，更没有收藏过植物。充其量，我只是数一数自己家里种的花花草草。这样的人，我称作"花逍遥"。昭和五十九年（1984）七月至六十一年（1986）六月间，两年里我在名为《太阳》的杂志上写各种花，写了二十四回，或许也能算是挺厚颜无耻的。

不过，这也不光是针对植物的场合，而是我对森罗万象的基本态度。从根本上来说，我只能说是一个观念性的人。不管怎么样，我的气质就是如此。可以说，比起现实中触手可及的花，书籍中遇上的和记忆中飘荡的花，更具备现实感。

不过，懒得讲大道理了，起码这里收集了二十五种花（有一篇是杂志连载之后写的），这些熟悉的植物对我而言意味深长。其实也谈不上什么特别的标准，我只是做了场随机选择，就选了这二十五种。并非我不想写某些植物，譬如与谢芜村所钟爱的蒲公英这种花，我就特别喜欢，可是我以往写过了。

对于本书《花逍遥》，热心的植物爱好家八坂安守先生提供了长年搜集的贵重的国内外植物图谱，也亲自对这些图版做出了解说。能做到如此美丽而充实，这绝非凭我一己之力所能做到的。本书的魅力，恐怕一半以上要归功于图版，因此要在这里特别强调感谢之情。若没有八坂先生的鼎力相助，本书是难以完成的。

在杂志上连载时，一度称为"弄笔百花苑"这样一个颇具古风的名字。思量再三，出版单行本时改成了"花逍遥"，似乎能表达得更加清楚一点。连载时也得到了热心的植物爱好家船曳由美女士，以及土居秀夫的帮助。单行本发行之时，也颇得到平凡社书籍编辑部，以及装帧家中岛馨女士的帮助，在此一并感谢。

昭和六十二年四月
涩泽龙彦

译　后

　　涩泽龙彦很容易被视为类似史上"百科全书"形态的作家，从表面上来看，似乎确实如此。然而当你近观其写作，会发现他的真正兴趣集中在各种知识的边界之上，而不是知识本身。或者说，他关注的向来是那些知识的暗影，人类的正统目光所不及之处。和萨德一样，唯有人间的各种扭曲和怪异，荒诞变态的所在，才是涩泽演绎自身的舞台。倘若要说他是"百科全书"的话，那这理应是一部不同寻常的"暗黑百科"。

　　假如试图把涩泽的作品连缀起来观看，读者会得到一整套人类触犯禁忌的历史，而该历史的中心人物，便是萨德。涩泽试图把萨德的力量延伸到文明的各个角落，于是他讲述邪恶的女子、怪异的国度、妖异、诡怪的情感。只要阅读萨德依旧构成禁忌，那么涩泽龙彦也构成同样的禁忌。于是，翻译涩泽龙彦无疑也在试图触碰，并挑战这些禁忌。

　　面对涩泽龙彦的第一个挑战，就是去处理文章的那种禁忌感。问题是，我们今天的这个世界，是一个传统禁忌越来越稀薄的世界，越来越像萨德或者涩泽龙彦笔下的那些世界。这样一来，负负得正，那些原本最为震撼人心的力量，和我们的世界之间，恰恰实现了某种非常奇异的共振。这种共振，让涩泽龙彦达到了一种新的不适感——或许在他的年代里，还未曾预料到的感觉，那就是人们已经逐渐适应了不适。在这样的悖论之下，涩泽龙彦在花间讲"蓝胡子"的故事，或者引用《聊斋》里的人鬼传奇，还反倒显得特别接地气。说禁忌也好，说不禁忌也好，都不错。

现代世界的这股力量确实令人惊叹，它足以把各种不和谐的声音都转化成属于自己的和弦。或许你试图从中保持自己的独立和尊严，对世界的庄重本体去发出一些噪声，但很快你就成为了众多塞壬之一。涩泽龙彦和他的同道者三岛由纪夫、寺山修斯等人都面临了这种困境。我在翻译涩泽龙彦的时候，也常常碰到这些困境。整个世界的一体感，让各种龃龉和冲突都消弭于无形。你想想看，要是连涩泽龙彦都变成了世界的塞壬，那大海上还会留下多少其他生灵？

这或许是大哉问。世界将游走到什么方向去，这未必是人所能解答的问题。涩泽龙彦究竟在多大程度上被吞噬，或者依旧保留着他应有的力量，也是一个难解的问题。不过我想，他至少展示了自己卓越的英勇，尝试去挑战人间的禁忌，去打开自己身上的枷锁。像一个具备勇气的人——要知道，勇气在今天是何等珍稀的品质，不论成败与否。

于是，他和身边的花草以一种特殊的方式来交往，和他的那些传奇故事以一种特殊的方式来交往。在涩泽龙彦那里，虚构和真实没什么差别，那些花木和人世间的各种流转也没几分差别。这并不是一些普通的花草介绍之文，而是借花木写人间，尤其是那些人们曾经去避开的人间。在这样一种写作之中，涩泽龙彦也在展开自己的傲然之态。一花一草之间，总是自己不可取代的一生一世。谁都是如此。

假如世界将会变好，那么涩泽龙彦扮演着文字的先知；假如世界不再变好，那么涩泽龙彦扮演着最后的武士。感谢优雅美善的编辑刘玮女士能允准我翻译这些充满勇气的文字，愿这一切能多留一天，慢一点被吞噬。

张斌璐

FLORA SHOUYOU

Text by Tatsuhiko Shibusawa, Explanation of Illustrations by Yasumori Yasaka

Copyright © Ryuko Shibusawa 1996

All rights reserved.

Originally published in Japan by HEIBONSHA LIMITED, PUBLISHERS, Tokyo

Chinese (in Simplified Chinese character only) translation rights arranged with

HEIBONSHA LIMITED, PUBLISHERS, Japan

through Japan UNI Agency, Inc.

著作权合同登记号桂图登字:20-2022-040号

图书在版编目(CIP)数据

花逍遥/(日)涩泽龙彦著;张斌璐译.—桂林:广西师范大学出版社,2022.8

ISBN 978-7-5598-4933-5

Ⅰ.①花… Ⅱ.①涩… ②张… Ⅲ.①随笔-作品集-日本-现代 Ⅳ.①I313.65

中国版本图书馆 CIP 数据核字(2022)第 067248 号

花逍遥

HUA XIAOYAO

出 品 人:刘广汉　　　　　策划编辑:刘　玮

责任编辑:刘　玮　　　　　助理编辑:陶阿晴

装帧设计:李婷婷　王鸣豪　营销编辑:姚春苗

广西师范大学出版社出版发行

(广西桂林市五里店路9号　　邮政编码:541004)
(网址:http://www.bbtpress.com)

出版人:黄轩庄

全国新华书店经销

销售热线:021-65200318　021-31260822-898

山东韵杰文化科技有限公司印刷

(山东省淄博市桓台县桓台大道西首　邮政编码:256401)

开本:787mm×1 092mm　1/32

印张:7.625　　　　　字数:115 千字

2022 年 8 月第 1 版　　2022 年 8 月第 1 次印刷

定价:59.00 元

如发现印装质量问题,影响阅读,请与出版社发行部门联系调换。